P9-DMG-196

LA SELECCIÓN HISTORIAS

LA REINA
Y LA FAVORITA

KIERA CASS

La reina

Capítulo 1

*S*olo llevaba dos semanas y aquel era mi cuarto dolor de cabeza. ¿Cómo iba a explicarle algo así al príncipe? Como si no me bastara con que casi todas las chicas que quedaban fueran Doses. Como si mis doncellas no tuvieran suficiente trabajo haciendo todo lo posible para suavizar mis manos endurecidas por el trabajo. En algún momento, tendría que hablarle de aquel malestar que se presentaba una y otra vez sin previo aviso. Bueno, si es que en algún momento se fijaba en mí. La reina Abby estaba sentada en el otro extremo de la Sala de las Mujeres, casi como si quisiera poner espacio de por medio. Por el ligero escalofrío que parecía recorrerle los hombros, tenía la sensación de que no estaba precisamente encantada de tenernos allí.

Le tendió la mano a una doncella, que se puso a hacerle una manicura perfecta. Sin embargo, incluso con todos aquellos cuidados, la reina parecía irritada. No lo entendía, pero intenté no juzgarla. Si yo perdiera a un marido tan joven, como le había pasado a ella, quizá también me habría endurecido. Había tenido suerte de que Porter Schraeve, el primo de su difunto marido, la hubiera acogido como su propia consorte, cosa que le había permitido mantener la corona.

Examiné la sala, observando a las otras chicas. Gillian era una Cuatro como yo, pero una Cuatro como mandan los cánones: sus padres eran ambos chefs de cocina y, por la descripción que hacía de nuestras comidas, tenía la sensación de que ella había escogido la misma profesión. Leigh y Madison estaban estudiando Veterinaria y visitaban los establos siempre que se lo permitían.

Sabía que Nova era actriz y que tenía montones de fans que la adoraban y que deseaban verla en el trono. Uma era gimnasta, y tenía un cuerpo menudo y gracioso, incluso cuando no se movía. Varias de las Doses ni siquiera habían decidido aún qué querían ser. Supongo que si alguien me pagara los gastos, me diera de comer y un techo bajo el que vivir, a mí tampoco me preocuparía mucho.

Froté mis doloridas sienes y sentí la piel agrietada y encallecida sobre la frente. Paré y me miré las manos, estropeadas.

Era imposible que me escogiera.

Cerré los ojos y pensé en la primera vez que había visto al príncipe Clarkson. Recordaba la sensación que tuve cuando estrechó mi mano con la suya, tan fuerte. Menos mal que mis doncellas me habían encontrado unos guantes de encaje, o me habría enviado a casa en aquel mismo momento. Estuvo formal, educado e inteligente. Todo lo que se espera de un príncipe.

En las dos semanas anteriores ya había visto que no sonreía mucho. Parecía como si temiera que lo fueran a juzgar por encontrarle la gracia a las cosas. Pero, desde luego, cuando sonreía se le iluminaban los ojos. Aquel cabello rubio pajizo, los ojos de un azul claro, aquella apostura… Era perfecto.

Desgraciadamente, yo no. Pero debía de haber un modo de hacer que el príncipe Clarkson se fijara en mí.

Querida Adele:

Sostuve la pluma en el aire un minuto, consciente de que aquello no serviría de nada. Aun así…

Me encuentro muy bien en palacio. Es bonito. Bueno, es más que bonito, es enorme, pero no sé si sería capaz de encontrar las palabras adecuadas para describirlo. En Angeles el ambiente también es cálido, pero diferente del de casa. Tampoco sé cómo explicarte eso. ¿No sería fantástico si pudieras venir, ver y oler todo esto por ti misma? Y sí, hay mucho que oler.

En cuanto a la competición, aún no he pasado ni un segundo a solas con el príncipe.

La cabeza me dolía mucho. Cerré los ojos, respirando despacio, obligándome a concentrarme.

Estoy segura de que has visto por televisión que el príncipe Clarkson ya ha enviado a ocho chicas a casa, todas ellas Cuatros, Cincos, y esa Seis. Quedan otras dos Cuatros, y unas cuantas Treses. Me pregunto si se espera de él que escoja una Dos. Supongo que tendría sentido, pero lo lamentaría mucho.

¿Podrías hacerme un favor? ¿Puedes preguntarles a mamá y a papá si por casualidad no tenemos a algún primo o alguien en las castas más altas? Tendría que habérselo preguntado yo antes de irme. Me resultaría muy útil.

Me estaba invadiendo aquella sensación de náusea que a veces llega con los dolores de cabeza.

Tengo que dejarte. Aquí no dejan de pasar cosas. Te volveré a escribir muy pronto.
Con todo mi cariño,

AMBERLY

11

Me sentía débil. Doblé la carta y la metí en el sobre, donde ya había escrito la dirección. Volví a frotarme las sienes, con la esperanza de que la suave presión me aliviara un poco, aunque no lo hacía.

—¿Estás bien, Amberly? —me preguntó Danica.

—Oh, sí —mentí—. Debe de ser el cansancio, o algo así. Quizá vaya a dar un paseo, a ver si así me circula la sangre.

Sonreí a Danica y a Madeline, y salí de la Sala de las Mujeres en dirección al baño. Un poco de agua fría en el rostro no me estropearía el maquillaje, y quizá me hiciera sentir algo mejor. Pero antes de llegar volví a sentir aquel mareo. Apoyé la cabeza contra la pared esperando que pasara y me dejé caer, poniéndome en cuclillas.

Aquello no tenía ningún sentido. Todo el mundo sabía que el aire y el agua del sur de Illéa eran malos. Incluso algunos Doses tenían problemas de salud. Pero ahora que contaba con el aire limpio, la buena comida y todos los cuidados de palacio, ¿no debería pasárseme?

Así nunca tendría ocasión de darle una buena impresión al príncipe Clarkson. ¿Y si no me recuperaba para el juego de cróquet de la tarde? Era como si mis sueños se me escaparan de entre los dedos. Quizá fuera mejor asumir la derrota lo antes posible. Dolería menos a largo plazo.

—¿Qué haces?

Me separé de la pared instintivamente y vi que el príncipe Clarkson me miraba.

—Nada, alteza.

—¿No te encuentras bien?

—Sí, claro que me encuentro bien —dije, poniéndome en pie. Pero aquello fue un error. Las piernas me fallaron... y caí al suelo.

—¿Qué te pasa? —dijo él, situándose a mi lado.

—Lo siento —murmuré—. Esto es humillante.

—Cierra los ojos si te mareas —dijo, al tiempo que me cogía en brazos—. Vamos a la enfermería.

Aquello sí que sería una buena anécdota para contársela a mis hijos: que, un día, el rey me llevó por el palacio en brazos, como si fuera una pluma. Me gustaba estar entre sus brazos. Siempre me había preguntado qué se sentiría.

—Oh, Dios mío —exclamó alguien.

Abrí los ojos y vi que era una enfermera.

—Creo que está débil. No sé qué le pasa —dijo Clarkson—. No parece que tenga lesiones.

—Déjela aquí, alteza, por favor.

El príncipe Clarkson me puso sobre una de las camas que había en aquella sala y retiró los brazos con cuidado. Esperaba que pudiera ver el agradecimiento en mis ojos.

Supuse que se iría de inmediato, pero se quedó allí, de pie, mientras la enfermera me tomaba el pulso.

—¿Has comido algo hoy, querida? ¿Has bebido bastante?

—Acabamos de desayunar —respondió él por mí.

—¿Te encuentras mal?

—No. Bueno, sí. Quiero decir... En realidad, no será nada —dije, con la esperanza de que pareciera poca cosa, para poder llegar a tiempo al partido de cróquet.

Ella me miró con una expresión severa y dulce a la vez.

—Siento disentir, pero era necesario que te trajeran aquí.

—Me ocurre constantemente —respondí, desanimada.

—¿Qué quieres decir?

No era mi intención confesar aquello. Suspiré, intentando encontrar una explicación. Ahora el príncipe vería el daño que me había hecho la vida que llevaba en Honduragua.

—Tengo frecuentes dolores de cabeza. Y a veces me provocan mareos —dije, tragando saliva y preocupada por lo que pudiera pensar el príncipe—. En casa solía acostarme horas antes que mis hermanos, y eso me ayudaba a aguantar la jornada de trabajo. Aquí es más difícil dormir tantas horas.

—Mmmmmm. ¿Algo más, aparte de los dolores de cabeza y el cansancio?

—No, señora.

Clarkson se acercó un poco más. Esperaba que no pudiera oír lo fuerte que me latía el corazón.

—¿Cuánto tiempo hace que tienes este problema?

Me encogí de hombros.

—Unos años, quizá más. Para mí es algo normal.

—¿Existen antecedentes de esta dolencia en tu familia? —preguntó la enfermera, preocupada.

Hice una pausa antes de responder.

—No exactamente. Pero a mi hermana a veces le sangra la nariz.

—¿No será que procedes de una familia enfermiza? —dijo Clarkson, con una nota de decepción en la voz.

—No —respondí, a modo de defensa y al mismo tiempo algo avergonzada—. Es que vivo en Honduragua.

—Ah —dijo él, levantando las cejas. Aparentemente, lo entendía.

En el sur había mucha polución; aquello no era ningún secreto. El aire estaba contaminado. El agua también. Había muchos niños con deformidades, mujeres estériles y muertes prematuras. Cuando los rebeldes hacían incursiones, dejaban tras de sí un rastro de grafitis exigiendo respuestas de palacio a todo aquello. Lo raro era que toda mi familia no estuviera tan enferma como yo. O que yo no estuviera peor.

Respiré hondo. ¿Qué estaba haciendo en aquel lugar? Me había pasado las semanas anteriores a la Selección construyendo este cuento de hadas en mi mente. Pero, por mucho que

13

lo deseara o que lo soñara, nunca sería digna de un hombre como Clarkson.

Me volví para que no me viera llorar.

—¿Puede dejarme sola, por favor?

Hubo unos segundos de silencio; luego oí sus pasos al alejarse. En el momento en que dejaron de oírse, me vine abajo.

—Tranquila, niña. No pasa nada —me consoló la enfermera. Estaba tan triste que me abracé con fuerza a ella, como habría abrazado a mi madre o a mis hermanos—. Esta competición provoca grandes tensiones, y eso el príncipe Clarkson lo entiende. Le diré al médico que te recete algo para el dolor de cabeza. Ya verás cómo te ayuda.

—Llevo enamorada de él desde que tenía siete años. Cada año le he cantado el cumpleaños feliz en voz baja, contra la almohada, para que mi hermana no se riera de mí por recordarlo. Cuando aprendí a escribir en caligrafía inglesa, practicaba escribiendo nuestros nombres juntos…, y resulta que, la primera vez que me dirige la palabra, me pregunta si soy una chica enfermiza. —Hice una pausa y dejé escapar un sollozo—. Nunca lo conseguiré.

La enfermera no intentó discutir conmigo. Se limitó a dejarme llorar mientras le embadurnaba el uniforme con mi maquillaje.

Estaba avergonzadísima. Seguro que, en el futuro, para Clarkson no sería más que la chica enfermiza que había enviado a casa. Estaba convencida de que había perdido la oportunidad de ganarme su corazón. No habría una segunda opción.

Capítulo 2

*R*esultó que al cróquet solo pueden jugar seis jugadores a la vez, lo cual a mí me iba de perlas. Me senté y observé, intentando comprender las reglas por si llegaba mi turno, aunque tenía la sensación de que acabaríamos aburriéndonos todos y de que el juego terminaría antes de que las demás pudiéramos jugar.

—¡Fíjate, qué brazos! —suspiró Maureen.

No me hablaba a mí, pero yo miré igualmente. Clarkson se había quitado la chaqueta y se había subido las mangas. Estaba muy, muy guapo.

—¿Cómo puedo conseguir que llegue a rodearme con ellos? —bromeó Keller—. No es fácil fingir una lesión jugando al cróquet.

Las otras chicas se rieron. Clarkson miró hacia ellas esbozando una sonrisa. Siempre era así: todo lo hacía de un modo discreto. Ahora que lo pensaba, nunca le había oído reírse. Quizá sí, alguna risa corta inesperada, pero no había nada que le hiciera tan feliz como para estallar en una carcajada.

Aun así, la sombra de una sonrisa en su rostro bastó para dejarme de piedra. A mí ya me valía.

Los equipos iban desplazándose por el campo. Cuando el príncipe se situó cerca, no pude evitar los nervios. Cuando una de las chicas consiguió dar un golpe certero, Clarkson me miró por un momento sin mover la cabeza. Yo levanté la vista, y él volvió a centrarse en el juego. Algunas chicas aplaudieron el golpe, y él se acercó.

—Ahí han puesto una mesa con refrescos —dijo en voz

baja, sin establecer contacto visual—. A lo mejor te convendría beber un poco de agua.

—No tengo sed.

—¡Bravo, Clementine! —le gritó a una chica que había dado otro tiro certero—. Aunque así sea. La deshidratación puede agravar los dolores de cabeza. Puede que te convenga.

Sus ojos se encontraron con los míos… y pasó algo. No era amor, seguramente ni siquiera afecto, pero sí algo un grado o dos más allá de la preocupación desinteresada.

Sabía que no podía decirle que no, así que me puse en pie y me acerqué a la mesa. Me empecé a servir agua, pero una doncella me quitó la jarra de la mano.

—Perdón —murmuré—. Aún no me acostumbro.

—No pasa nada —dijo ella, sonriendo—. Tome algo de fruta. En un día tan cálido resulta muy refrescante.

Me quedé de pie junto a la mesa, comiendo uvas con un tenedor diminuto. Aquello también tenía que contárselo a Adele: cubiertos para comer fruta.

Clarkson me miró unas cuantas veces, aparentemente comprobando que le hubiera hecho caso. No sabría decir si habían sido la comida o sus atenciones lo que me había puesto de buen humor.

No me llegó el turno de jugar.

Pasaron tres días más antes de que Clarkson volviera a hablarme.

Estábamos acabando de cenar. El rey se había excusado sin demasiada ceremonia, y la reina casi había dado cuenta de una botella de vino ella sola. Algunas de las chicas empezaron a despedirse con una reverencia, para no ver a la reina, que apoyaba la cabeza en un brazo, cada vez más aletargada. Yo era la única que quedaba en mi mesa, decidida a acabar hasta el último bocado de tarta de chocolate.

—¿Cómo te encuentras, Amberly?

Levanté la cabeza de golpe. Clarkson se había acercado sin que me diera cuenta. Di gracias a Dios de que no me hubiera pillado con la boca llena.

—Muy bien. ¿Y usted?

—Estupendamente, gracias.

Hubo un breve silencio, mientras esperaba que dijera algo más. ¿O se suponía que debía hablar yo? ¿Había reglas que determinaran quién tenía que hablar primero?

—Me acabo de dar cuenta de lo largo que tienes el pelo —comentó.

—Oh —exclamé, riéndome un poco al tiempo que bajaba la mirada. El cabello me llegaba casi hasta la cintura en esos días. Aunque me costaba mucho peinarlo, resultaba muy adecuado para hacerme recogidos, algo esencial para el trabajo en la granja—. Sí. Me va bien para hacer trenzados, que en casa me resultaban útiles.

—¿No te resulta incómodo, tan largo?

—Hum… No sé, alteza. —Me pasé los dedos por entre el cabello. Llevaba la melena limpia y peinada. Quizá yo no lo veía, y me daba cierto aspecto descuidado—. ¿Usted qué piensa?

Él ladeó la cabeza.

—Tiene un color muy bonito. No sé si te quedaría mejor algo más corto. —Se encogió de hombros y se dispuso a marcharse—. Solo era una idea —dijo, girándose mientras se alejaba.

Me quedé allí sentada un momento, pensando. Unos segundos más tarde abandonaba mi tarta y me dirigía a la habitación. Mis doncellas estaban allí, esperándome, como siempre.

—Martha, ¿tú te atreverías a cortarme el pelo?

—Por supuesto, señorita. Cortándole un par de centímetros se mantendrá más sano —respondió, dirigiéndose al baño.

—No —dije yo—. Lo quiero corto.

Ella se paró de golpe.

—¿Cómo de corto?

—Bueno…, por debajo de los hombros, pero ¿quizás a la altura de las escápulas?

—¡Eso es más de un palmo, señorita!

—Pues sí. ¿Puedes hacerlo?

Fui al baño yo también, pasando por delante de ella.

—Creo que es hora de hacer algún cambio.

Mis doncellas me ayudaron a quitarme el vestido y me pusieron una toalla sobre los hombros. Martha se puso manos a la obra; cerré los ojos, no muy segura de lo que estaba haciendo. Clarkson pensaba que estaría mejor con el cabello algo más corto, y Martha se aseguraría de que fuera lo suficientemente largo como para poder peinármelo hacia atrás. No había nada que perder.

No me atreví a mirar siquiera hasta que acabó. Me quedé escuchando el ruido metálico de las tijeras una y otra vez. Notaba que cada vez cortaba con más precisión, asegurándose de dejarlo todo uniforme. Poco después, se detuvo.

—¿Qué le parece, señorita? —me preguntó, no muy convencida.

Abrí los ojos. Al principio, ni siquiera noté la diferencia. Pero giré la cabeza ligeramente y una parte de mi cabello cayó más allá del hombro. Tiré de otro mechón hacia el otro lado, y era como si tuviera el rostro rodeado por un marco color caoba.

Clarkson tenía razón.

—¡Me encanta, Martha! —exclamé, casi sin aliento, acariciándome los mechones por todas partes.

—Le da un aspecto mucho más maduro —añadió Cindly.

—Sí, ¿verdad? —dije yo, asintiendo.

—¡Un momento, un momento! —exclamó Emon, que corrió hacia el joyero.

Buscó y rebuscó, como si quisiera algo en particular. Por fin sacó un collar con unas piedras brillantes rojas. No había tenido valor de ponérmelo aún.

Me recogí el pelo, pues supuse que querría que me lo probara, pero ella tenía otra idea. Lo colocó con suavidad sobre mi cabeza. Era tan elaborado que recordaba vagamente una corona.

Mis doncellas contuvieron una exclamación, pero yo me quedé sin aliento.

Había pasado muchos años imaginándome al príncipe Clarkson como mi marido, pero nunca lo había visto como el chico que podría convertirme en princesa. Por primera vez me di cuenta de que aquello también lo deseaba. No tenía muchos contactos ni procedía de una familia rica, pero tenía la sensación de que no solo podría cumplir con el papel, sino que lo haría eficazmente. Siempre había creído que encajaría bien con Clarkson, pero quizá también fuera una buena opción para la monarquía.

Me miré al espejo y, además de imaginar el apellido Schreave detrás de mi nombre, me imaginé el cargo de «princesa» delante. En aquel instante, me di cuenta de que no solo lo deseaba a él; también quería la corona como nunca antes.

Capítulo I

Capítulo 3

*L*e pedí a Martha que me buscara una cinta para el pelo con pedrería que pudiera ponerme por la mañana y me dejé el pelo suelto. Nunca me había hecho tanta ilusión ir a desayunar. Estaba segura de estar guapa, y no veía el momento de comprobar si Clarkson también lo pensaba.

Si hubiera sido más lista habría llegado de las primeras, pero me entretuve con otras chicas, con lo que perdí la ocasión de reclamar la atención del príncipe. Cada pocos segundos miraba en dirección a la cabecera de la mesa, pero Clarkson estaba pendiente de su comida, cortando sus gofres con jamón con la máxima diligencia; solo apartaba la vista de vez en cuando para observar unos papeles que tenía al lado. Su padre prácticamente se limitaba a beber café; apenas comía alguna cucharada coincidiendo con alguna pausa en la lectura de sus documentos. Supuse que Clarkson y él estarían repasando la misma información; que ambos empezaran tan pronto quería decir que iban a tener un día muy ocupado. La reina no había aparecido, y aunque la palabra «resaca» nunca se decía en voz alta, todos la teníamos en mente.

Una vez acabado el desayuno, Clarkson salió con el rey, a hacer lo que fuera que hacían para que nuestro país funcionara como se esperaba.

Suspiré. Quizá por la noche.

Ese día, la Sala de las Mujeres estaba tranquila. Ya habíamos agotado todas las conversaciones sobre nuestro pasado: todas nos conocíamos y nos habíamos acostumbrado a estar juntas. Me senté con Madeline y Bianca, como casi siempre.

Bianca procedía de una de las provincias vecinas a Honduragua; nos habíamos conocido en el avión. Madeline ocupaba la
habitación contigua a la mía, y su doncella había llamado a mi
puerta el primer día para pedirles hilo a las mías. Media hora
más tarde, más o menos, Madeline se había presentado para
darnos las gracias, y nos habíamos hecho amigas enseguida.

Desde el principio, la jerarquía se había impuesto en la Sala
de las Mujeres. Estábamos acostumbradas a la separación por
grupos ya desde antes de llegar —las del nivel Treses aquí, las
del Cincos allá—, así que quizá fuera algo natural que se repi-
tiera el patrón en palacio. Y aunque no nos dividíamos exclusi-
vamente por castas, yo habría deseado que las divisiones no
existieran en absoluto. ¿No nos igualaba el hecho de estar todas allí, al menos mientras durara la competición? ¿No estábamos pasando exactamente por lo mismo?

En cualquier caso, en aquel momento daba la impresión de
que estábamos atravesando un vacío existencial. No dejaba de
desear que ocurriera algo para que tuviéramos un pretexto
para hilar una conversación.

—¿Alguna tiene noticias de casa? —pregunté, intentando
iniciar una charla.

—Mi madre me escribió ayer —respondió Bianca, levantando la cabeza—, y me dijo que Hendly se había prometido.
¿Os lo podéis creer? ¿Cuánto hace que se fue? ¿Una semana?

—¿De qué casta es él? —preguntó Madeline, intrigada—.
¿Subirá de casta?

—¡Oh, sí! —exclamó Bianca—. ¡Un Dos! Una cosa así te
da esperanzas, ¿no? Quiero decir, que yo era una Tres al salir de
casa, pero me gusta la idea de casarme con un actor, en lugar de
con un médico aburrido.

Madeline asintió y soltó una risita. Yo no estaba tan segura.

—¿Ya lo conocía antes? Antes de entrar en la Selección,
quiero decir.

Bianca ladeó la cabeza, como si hubiera preguntado algo ridículo.

—No creo. Ella era una Cinco; él es un Dos.

—Bueno, creo que dijo que procedía de una familia de
músicos, así que quizás actuó alguna vez para él —sugirió
Madeline.

—Bien pensado —respondió Bianca—. Puede que no fueran dos completos desconocidos.

—Ah… —murmuré.

—¿Están agrias las uvas? —preguntó Bianca.

—No —respondí, sonriendo—. Si Hendly es feliz, me alegro. Pero me resulta un poco raro, eso de casarse con alguien que ni siquiera conoces.

Se hizo una breve pausa hasta que habló Madeline.

—¿Y no estamos haciendo eso mismo nosotras?

—¡No! —exclamé—. El príncipe no es un extraño.

—¿De verdad? Entonces cuéntame todo lo que sepas de él, porque yo tengo la sensación de que no sé nada.

—En realidad…, yo tampoco —confesó Bianca.

Cogí aire, dispuesta a soltar una larga lista de datos sobre Clarkson…, pero, en realidad, no había mucho que contar.

—No digo que sepa sus secretos más íntimos, pero no es como si fuera cualquier chico que pasa por la calle. Hemos crecido con él, le hemos oído hablar en el *Report*, hemos visto su cara cientos de veces. Puede que no sepamos todos los detalles, pero yo tengo una impresión muy clara de lo que es. ¿Vosotras no?

—Creo que tienes razón —dijo Madeline, sonriendo—. No es que hayamos llegado aquí sin saber nada de él.

—Exactamente.

La doncella llegó tan en silencio que no reparé en ella hasta que la tuve junto al oído, susurrándome:

—Se requiere su presencia un momento, señorita.

La miré, confusa. No había hecho nada malo. Me volví hacia las chicas y me encogí de hombros. Me puse en pie y la seguí hacia la puerta.

En el pasillo hizo una reverencia y se fue; me giré y me encontré con el príncipe Clarkson. Estaba allí de pie, con aquella sonrisa a medias en los labios y algo en la mano.

—Estaba dejando un paquete en conserjería, y el jefe de correos tenía esto para ti —dijo, sosteniendo un sobre con dos dedos—. Pensé que te gustaría recibirlo cuanto antes.

Me acerqué todo lo rápido que pude sin perder la compostura y tendí la mano para cogerlo. Su sonrisa se volvió traviesa en el momento en que levantaba el brazo.

23

Solté una risita, saltando e intentando hacerme con el sobre desesperadamente.

—¡No es justo!

—¡Venga!

No se me daba mal saltar, pero no podía hacerlo con aquellos tacones; incluso con ellos era algo más baja que él. Pero no me importó no conseguirlo, porque en alguno de aquellos intentos fallidos sentí un brazo que me rodeaba la cintura.

Por fin me dio la carta. Tal como sospechaba, era de Adele. El día se estaba llenando de diminutos detalles felices.

—Te has cortado el cabello.

—Sí —dije, levantando la vista de la carta. Me cogí un mechón y me lo pasé por delante del hombro—. ¿Le gusta?

Había algo en sus ojos... no era travesura, ni secretismo.

—Mucho. —Al momento se dio media vuelta y se alejó por el pasillo, sin ni siquiera mirar atrás.

Tenía razón en que sabía cosas de él. Aun así, viéndole en el día a día, me daba cuenta de que había mucho más de lo que había observado en el *Report*. No obstante, eso no me desalentaba lo más mínimo.

Al contrario, era un misterio que me apetecía mucho descubrir.

Sonreí y abrí la carta allí mismo, en el pasillo, bajo una ventana, para ver mejor.

Queridísima Amberly:

Te echo tanto de menos que me resulta doloroso. Tanto como pensar en todos esos vestidos preciosos que te pones y en la comida que debes de estar probando. ¡Ni siquiera puedo imaginar los aromas que olerás! Ojalá pudiera.

Mamá casi llora cada vez que te ve en la tele. ¡Pareces una Uno! Si no supiera ya las castas de todas las chicas, estaría convencida de que todas formáis parte de la familia real. Si alguien quisiera, podría fingir que esos números ni siquiera existen. Aunque desde luego para ti no existen, pequeña señorita Tres.

Hablando de eso, ojalá hubiera algún Dos perdido por la familia, pero ya sabes que no es así. He preguntado, y hemos sido Cuatros desde siempre, y no hay más. Las únicas incorporaciones a la familia dignas de mención no son una buena noticia. Ni siquiera sé si debería decírtelo, y espero que nadie lea esta carta antes que tú, pero la prima Romina está embarazada. Según parece, se enamoró de un Seis que conduce el camión de reparto de los Rake. Se van a casar este fin de semana, lo cual es un alivio para todo el mundo. El padre (¿por qué no recuerdo su nombre?) se niega a que un hijo suyo se convierta en Ocho, y eso es más de lo que harían algunos hombres más maduros. Así que siento que te pierdas la boda, pero nos alegramos por Romina.

En cualquier caso, esa es la familia que tienes ahora mismo. Un puñado de granjeros y alguna prima que incumple la ley. Tú sigue siendo la preciosa niña cariñosa que todos sabemos que eres: no tengo dudas de que el príncipe se enamorará de ti, sin pensar en tu casta.

Todos te queremos. Sigue escribiendo. Echo de menos oír tu voz. Tu presencia hace que las cosas por aquí parezcan más tranquilas, y creo que no me he dado cuenta de eso hasta que te has ido.

Hasta pronto, princesa Amberly. ¡No te olvides de tu pobre familia cuando te pongan la corona!

Capítulo 4

$\mathcal{M}$artha me estaba desenredando el cabello. Aunque fuera más corto que antes, no era una tarea fácil, teniendo en cuenta lo espesa que era mi melena. En el fondo, esperaba que tardara un buen rato. Era una de las pocas cosas que me recordaban a mi casa. Si cerraba los ojos y contenía la respiración, podía imaginar que era Adele la que me pasaba el cepillo.

Mientras imaginaba el color grisáceo de mi casa y a mi madre tarareando entre los ruidos constantes de las furgonetas de reparto, alguien llamó a la puerta, devolviéndome de nuevo al presente.

Cindly corrió a abrir; acto seguido, hizo una gran reverencia.

—Alteza…

Me puse en pie y me llevé los brazos al pecho en un gesto automático, sintiéndome increíblemente vulnerable. El camisón era finísimo.

—Martha —susurré, apremiándola. Ella deshizo la reverencia y levantó la cabeza—. Mi bata. Por favor.

Martha fue corriendo a traérmela, mientras yo me volvía hacia el príncipe Clarkson:

—Alteza, qué amable al venir a visitarme —saludé, con una reverencia yo también, para llevarme de nuevo los brazos al pecho, inmediatamente después.

—Quería ir a tomar algo dulce y me preguntaba si querrías acompañarme.

¿Una cita? ¿Había venido a pedirme una cita?

Y yo estaba en camisón, sin maquillaje y con el cabello a medio cepillar.

—Hum… ¿No debería… cambiarme?

Martha me pasó la bata, que me puse enseguida.

—No, estás bien así —insistió, entrando en mi habitación como si fuera la suya propia. Claro que, en el fondo, lo era.

A sus espaldas, Emon y Cindly se escabulleron y abandonaron el lugar. Martha me miró a la espera de recibir instrucciones; al ver que yo asentía, se fue también.

—¿Te gusta tu habitación? —preguntó Clarkson—. Es algo pequeña.

Solté una risa.

—Supongo que a alguien que haya crecido en un palacio puede parecérselo. Pero a mí me gusta.

—No tiene muchas vistas —añadió, acercándose a la ventana.

—Pero me gusta el ruido del agua de la fuente. Y, cuando alguien llega en coche, oigo el crujido de la grava. Estoy acostumbrada a mucho ruido.

—¿Qué tipo de ruido? —dijo él, con una mueca.

—Altavoces con la música fuerte. Nunca había pensado que eso no ocurría en todas las ciudades hasta que llegué aquí. O los motores de los camiones y las motos. Ah, y los perros. Estoy acostumbrada a oír ladridos.

—Menuda serenata nocturna —observó, acercándose—. ¿Estás lista?

Busqué discretamente mis zapatillas, las localicé junto a la cama y fui a ponérmelas.

—Sí.

Él se dirigió a la puerta, me miró y me tendió el brazo. Me mordí el labio para esconder la sonrisa y me coloqué a su lado.

No parecía gustarle demasiado que le tocaran. Observé que casi siempre caminaba con las manos tras la espalda y que mantenía el paso ligero. Incluso en aquel momento, mientras paseábamos por los pasillos, iba a un ritmo que desde luego no era de paseo.

Teniendo eso en cuenta, el hecho de que hubiera bromeado sobre la carta el otro día y el de que ahora quisiera estar en mi compañía adquirirían un nuevo valor.

—¿Adónde vamos?

—Hay un salón precioso en el segundo piso, con unas vistas excelentes de los jardines.

—¿Le gustan los jardines?

—Me gusta «mirarlos».

Yo me reí, pero lo decía completamente en serio.

Llegamos ante unas puertas dobles abiertas, y pude sentir el aire fresco incluso desde el pasillo. Solo unas velas iluminaban la sala. Tenía la sensación de que el corazón podía estallarme de felicidad. En realidad, tuve que llevarme la mano al pecho para asegurarme de que seguía ahí, intacto.

Había tres grandes ventanales abiertos; las vaporosas cortinas se movían empujadas por la brisa. Frente al ventanal central, había una mesita con un adorno floral precioso y dos sillas. A su lado vi un carrito con al menos ocho tipos diferentes de dulces.

—Las señoritas primero —dijo él, indicando el carrito con un gesto.

No pude evitar sonreír al acercarme. Estábamos solos. Aquello lo había hecho para mí. Era la materialización de todos mis sueños de infancia y juventud.

Intenté concentrarme en lo que tenía delante. Vi bombones, y todos tenían formas diferentes; era imposible adivinar su contenido. Detrás había unas tartas en miniatura con nata montada encima que olían a limón, mientras que, en primer término, había unos pastelitos de hojaldre rociados con algo que no distinguía.

—No sé qué elegir —confesé.

—Pues no elijas —dijo él, que cogió un plato y colocó en él un dulce de cada.

Lo colocó en la mesa y me apartó la silla. Me puse delante y dejé que me la ajustara; luego esperé a que se sirviera.

Cuando lo hizo, me eché a reír otra vez.

—¿Ya tiene bastante? —bromeé.

—Me gustan las tartaletas de fresa —se defendió. Había amontonado cinco o seis en su plato—. Bueno, así que eres una Cuatro. ¿A qué te dedicas? —dijo, mientras cogía un trozo de tarta con el tenedor y se la llevaba a la boca.

—Trabajo en una granja —expliqué, jugueteando con un bombón.

29

—¿Tenéis una granja?

—Más o menos.

Dejó el tenedor y se me quedó mirando.

—Mi abuelo tenía un cafetal. Se lo dejó a mi tío, porque es el mayor, así que mi padre, mi madre, mis hermanos y yo trabajamos en él —confesé.

Él guardó silencio un momento.

—Bueno y... ¿qué es lo que haces exactamente?

Dejé de nuevo el bombón en el plato y apoyé las manos en el regazo.

—Sobre todo recolecto los granos. Y a veces ayudo en el tostado del café.

Él siguió callado.

—Antes ocupaba zonas montañosas de difícil acceso, el cafetal, quiero decir, pero ahora hay muchas carreteras, lo que facilita el transporte, pero aumenta la polución. Mi familia y yo vivimos en...

—Para.

Bajé la mirada. No podía ocultarle lo que hacía.

—¿Eres una Cuatro, pero haces el trabajo de una Siete? —preguntó en voz baja.

Asentí.

—¿Se lo has contado a alguien?

Pensé en mis conversaciones con las otras chicas. Solía dejar que hablaran de sí mismas. Yo contaba cosas de mis hermanos y disfrutaba comentando los programas de televisión que veían las otras, pero estaba segura de que no les había hablado de mi trabajo.

—No, no creo.

Miró al techo y luego volvió a mirarme a mí.

—No debes contárselo a nadie. Nunca. Si te preguntan, tu familia posee un cafetal, y tú ayudas en la gestión. No des detalles y nunca des a entender que haces un trabajo manual. ¿Está claro?

—Sí, alteza.

Me miró un momento más, como para asegurarse de que lo entendía. Pero no hacía falta; con aquella orden me bastaba. Nunca se me ocurriría incumplirla.

Siguió comiendo, clavando el tenedor con más agresividad que antes. Yo estaba tan nerviosa que no podía probar bocado.

—¿Le he ofendido, alteza?

Irguió la cabeza y la ladeó levemente.

—¿Cómo se te ocurre decir eso?

—Parece… disgustado.

—Qué cosas tienen las chicas —murmuró en un tono muy bajo—. No, no me has ofendido. Me gustas. ¿Por qué crees que estamos aquí?

—Para que pueda compararme con las Doses y las Treses y confirmar su decisión de enviarme a casa —dije, sin pensarlo.

No sé cómo me salió. Era como si mis mayores preocupaciones se disputaran el espacio en mi mente y una de ellas se me hubiera escapado. Volví a bajar la cabeza.

—Amberly —murmuró. Levanté la vista y lo miré desde detrás de las pestañas. Había un rastro de sonrisa en su rostro. Acercó la mano por encima de la mesa. Con cautela, como si la burbuja pudiera estallar en el momento en que tocara mi piel endurecida por el trabajo, apoyé mi mano sobre la suya—. No voy a enviarte a casa. Al menos hoy no.

Sentí los ojos húmedos, pero parpadeé para hacer desaparecer las lágrimas.

—Me encuentro en una situación muy particular —explicó—. Solo intento descubrir los pros y los contras de cada una de mis opciones.

—El que haga el trabajo de una Siete será un contra, supongo…

—Por supuesto —respondió, pero sin rastro de malicia en su voz—. Así que, por lo que a mí respecta, eso queda entre nosotros.

Asentí mínimamente.

—¿Algún otro secreto que quieras compartir conmigo?

Retiró la mano poco a poco y volvió a ponerse a cortar porciones de tartaleta. Intenté hacer lo mismo.

—Bueno, ya sabe que enfermo de vez en cuando.

Hizo una pausa.

—Sí. ¿De qué se trata, exactamente?

—No estoy segura. Siempre he tenido dolores de cabeza, y

31

a veces me agoto. Las condiciones de vida en Honduragua no son las mejores.

Asintió.

—Mañana, tras el desayuno, en lugar de ir a la Sala de las Mujeres, ve a la enfermería. Quiero que el doctor Mission te haga un examen. Si necesitas algo, estoy seguro de que él podrá ayudarte.

—De acuerdo.

Por fin conseguí tomar un bocado de la pasta de hojaldre; me entraron ganas de soltar un suspiro, de lo buena que estaba. En mi casa, los postres eran una rareza.

—¿Y tienes hermanos?

—Sí, un hermano y dos hermanas, todos mayores.

—Da la impresión de que… —Hizo una mueca—. La casa estará siempre llena.

Me reí.

—A veces. Yo comparto cama con Adele, que es dos años mayor que yo. Aquí me resulta hasta raro dormir sin ella. A veces amontono unas cuantas almohadas al lado para hacerme a la idea de que está ahí.

—Ahora tienes toda la cama para ti —dijo, moviendo la cabeza con aire pensativo.

—Sí, pero no estoy acostumbrada. No estoy acostumbrada a nada de todo esto. La comida me resulta rara. La ropa también. Incluso los olores son diferentes, pero no sé muy bien qué es lo que es.

Dejó los cubiertos sobre la mesa:

—¿Me estás diciendo que mi casa huele mal?

Por un segundo me asusté, pensando que le habría ofendido, pero en los ojos tenía un brillo que indicaba que bromeaba.

—¡En absoluto! Pero es diferente. Serán los libros viejos, la hierba o lo que usan las criadas para limpiar… Ojalá pudiera embotellarlo, para llevar ese olor siempre conmigo.

—De todos los recuerdos posibles, ese es con mucho el más peculiar que he oído nunca —comentó.

—¿Querría uno de Honduragua? Tenemos una basura de primera.

Contuvo la sonrisa una vez más, como si temiera dejar escapar una risa.

—Muy generoso por tu parte. ¿Estoy poniéndome impertinente al hacerte todas estas preguntas? ¿Hay algo que tú quisieras saber de mí?

—¡Todo! —exclamé, abriendo bien los ojos—. ¿Qué es lo que más le gusta de su trabajo? ¿Qué lugares del mundo ha visitado? ¿Ha participado en la elaboración de alguna ley? ¿Cuál es su color favorito?

Meneó la cabeza y me miró otra vez con una de esas sonrisas a medias.

—Azul, azul marino. Y deja de llamarme de usted. Por lo demás, prácticamente puedes nombrar cualquier país del planeta, que ya lo habré visto. Mi padre quiere que tenga una cultura muy amplia. Illéa es un gran país, pero, en realidad, es joven. El paso siguiente para asegurar nuestra posición en el mundo es hacer alianzas con países más afianzados. —Chasqueó la lengua, pensativo—. A veces, creo que mi padre desearía que hubiera sido una chica, para poder casarme con quien más conviniera para asegurar esas alianzas.

—Supongo que será demasiado tarde para que lo vuelvan a intentar, ¿no?

La sonrisa desapareció.

—Creo que hace mucho que se les pasó la ocasión.

Aquello era algo más que una declaración, pero no quise insistir.

—Lo que más me gusta de mi trabajo es lo estructurado que está. Todo sigue un orden. Alguien me plantea un problema, y yo encuentro un modo de solucionarlo. No me gusta dejar las cosas a medias o sin resolver, aunque eso no suele ser un problema. Soy el príncipe, y un día seré rey. Mi palabra es la ley.

Los ojos se le iluminaron con aquellas palabras. Era la primera vez que lo veía apasionarse por algo. Y lo entendía. Aunque yo no codiciaba el poder, era consciente de lo atractivo que podía resultar.

Siguió mirándome: una sensación cálida me recorría las venas. Quizá fuera porque estábamos solos, o porque parecía tan seguro de sí mismo, pero, de pronto, sentí intensamente su presencia. Era como si cada nervio de mi cuerpo estuviera conectado a cada nervio del suyo; mientras estábamos allí

33

sentados, una extraña carga eléctrica empezó a acumularse en la sala. Clarkson trazaba círculos con el dedo sobre la mesa, evitando apartar la mirada. A mí se me aceleró la respiración. Cuando dejé que mis ojos se posaran en su pecho, tuve la impresión de que a él le había pasado lo mismo.

Observé cómo se movían sus manos. Parecían decididas, curiosas, sensuales, nerviosas… La lista se fue alargando en mi cabeza mientras contemplaba los caminos que iba trazando sobre la mesa.

En el pasado había soñado con sus besos, por supuesto, pero un beso raramente era solo un beso. Sin duda, me cogería de las manos, de la cintura o de la barbilla. Pensé en mis dedos, aún ásperos tras años de trabajo manual, y me preocupé pensando en qué pensaría si volvía a tocarle. En aquel momento, tenía unas ganas terribles de hacerlo.

Se aclaró la garganta y apartó la mirada, rompiendo el hechizo:

—Supongo que debería acompañarte de nuevo a tu habitación. Es tarde.

Apreté los labios y aparté la mirada yo también. Si me lo hubiera pedido, me habría quedado con él hasta ver el amanecer juntos.

Se puso en pie y le seguí hasta el pasillo principal. No tenía muy claro qué debía pensar de nuestra breve cita nocturna. A decir verdad, parecía algo más que una entrevista. Al pensarlo se me escapó una risita. Me miró.

—¿Qué es eso tan divertido?

Pensé en decirle que no era nada. Pero quería que acabara conociéndome, y eso supondría superar mis nervios.

—Bueno… —empecé a decir, pero vacilé. «Así es como os conoceréis, Amberly. Tenéis que hablar», pensé—. ¿Así es como sueles actuar con las chicas que te gustan? ¿Las interrogas?

Él puso los ojos en blanco, no enfadado, pero como si yo tuviera que entenderlo:

—Se te olvida que hasta hace muy poco yo nunca…

El ruido de un portazo interrumpió de golpe nuestra conversación. Reconocí a la reina al instante. Quise hacerle una reverencia, pero Clarkson me apartó, escondiéndome en otro pasillo de un empujón.

—¡No se te ocurra dejarme con la palabra en la boca! —resonó la voz del rey por toda la planta.

—Me niego a hablar contigo cuando estás así —respondió la reina, con la voz algo pastosa.

Clarkson me rodeó con los brazos, ocultándome aún más. Pero me dio la impresión de que él necesitaba el abrazo más que yo.

—¡Tus gastos de este mes son insultantes! —rugió el rey—. No puedes seguir así. ¡Este tipo de comportamiento es lo que pondrá este país en manos de los rebeldes!

—Oh, no, querido marido —respondió ella con una voz edulcorada—. Te pondrá «a ti» en manos de los rebeldes. Y créeme: no le importará a nadie.

—¡Vuelve aquí, zorra conspiradora!

—¡Porter, suéltame!

—Si crees que me puedes hundir con un puñado de vestidos carísimos, estás muy equivocada.

Uno de los dos golpeó al otro, o eso me pareció oír. Clarkson me soltó. Agarró el pomo de una de las puertas y lo giró, pero estaba cerrado con llave. Se fue al siguiente, que se abrió. Me agarró del brazo y me metió con un empujón, cerrando la puerta a nuestras espaldas.

Se puso a caminar arriba y abajo, agarrándose el cabello con las manos como si sintiera la tentación de arrancárselo. Se dirigió al sofá, agarró un cojín y lo destrozó, haciéndolo jirones. Cuando acabó, cogió otro cojín.

Le dio tal puñetazo a una mesita auxiliar que la rompió.

Tiró varios jarrones contra la repisa de piedra de la chimenea.

Rasgó las cortinas.

Mientras tanto, yo me quedaba pegada a la pared, junto a la puerta, deseando volatilizarme. Quizá debería haber salido corriendo a pedir ayuda. Pero no podía dejarle solo en aquel estado.

Una vez liberada toda la rabia, Clarkson recordó que estaba allí. Atravesó la habitación a la carrera y se plantó delante de mí, señalándome a la cara con un dedo:

—Si le cuentas a alguien lo que has oído, o lo que he hecho, que Dios me perdone, pero...

35

—Clarkson… —dije yo, moviendo la cabeza antes de que acabara la frase.

—¿No debes decir ni una palabra, lo entiendes? —me soltó con lágrimas de rabia brillándole en los ojos.

Levanté las manos, acercándolas a su rostro. Se echó un poco atrás. Paré y volví a intentarlo, acercándome más despacio esta vez. Tenía las mejillas calientes, ligeramente humedecidas por el sudor.

—No hay nada que contar —prometí.

Tenía la respiración aceleradísima.

—Por favor, siéntate —le pedí. Él vaciló—. Un momento.

Asintió.

Lo llevé hasta una silla y me senté en el suelo a su lado.

—Mete la cabeza entre las rodillas y respira.

Me miró, como interrogándome, pero obedeció. Le puse la mano sobre la nuca, acariciándole el cuello con los dedos.

—Los odio —murmuró—. Los odio.

—Chist. Intenta calmarte.

Levantó la vista.

—Lo digo de verdad. Los odio. Cuando sea rey, los mandaré muy lejos.

—Espero que no sea al mismo sitio a los dos —dije entre dientes.

Respiró hondo. Y luego se rio. Fue una risa profunda, genuina, de esas que no puedes cortar aunque lo intentes. Así que sabía reír. Era algo que tenía enterrado, oculto detrás de todo lo que estaba obligado a sentir, a pensar y a gestionar. Ahora lo entendía todo mucho mejor. No volvería a juzgar sus sonrisas, que bastante trabajo le costaban.

—Es un milagro que el palacio aún se mantenga en pie.

Suspiró. Por fin parecía haberse calmado.

A riesgo de volver a encender la mecha, volví a preguntar:

—¿Siempre ha sido así?

Asintió.

—Bueno, cuando era pequeño, no tanto. Pero ahora no se soportan. Nunca he sabido por qué. Ambos son fieles. O, si tienen algún lío, se les da estupendamente ocultarlo. Tienen todo lo que necesitan, y mi abuela me dijo que antes estaban muy enamorados. No tiene sentido.

—No es fácil ocupar su posición. Ni la tuya. Quizá les haya acabado pesando.

—¿Así que eso es lo que me espera? ¿Yo acabaré siendo él, mi esposa será ella, y acabaremos por estallar?

Levanté la mano de nuevo y se la apoyé en el rostro. Esta vez no se echó atrás. Más bien al contrario. Y aunque sus ojos aún reflejaban preocupación, parecía aliviado.

—No. Tú no tienes que ser nada que no quieras ser. ¿Te gusta el orden? Pues planifica, prepárate. Imagina el rey, el marido y el padre que quieres ser, y haz lo que haga falta para conseguirlo.

Me miró, casi con compasión:

—Me enternece que pienses que eso es lo único que hace falta.

Capítulo 5

*E*ra la primera vez que me hacían un examen médico. De pronto, caí en que, si llegaba a ser princesa, los exámenes pasarían a ser algo habitual en mi vida. Eso me horrorizaba.

El doctor Mission era amable y paciente, pero me sentía incómoda dejando que un extraño me viera desnuda. Me extrajo sangre, me hizo varias radiografías y me palpó por todas partes, en busca de cualquier cosa fuera de la norma.

Cuando salí de allí, estaba exhausta. Por supuesto, no había dormido bien. Eso no ayudaba. El príncipe Clarkson me había dejado en la puerta de la habitación y se había despedido dándome un beso en la mano. Y entre la emoción al sentir su tacto y la preocupación por su estado emocional, tardé bastante en dormirme.

Entré en la Sala de las Mujeres, algo nerviosa por tener que mirar a la reina Abby a los ojos. Me preocupaba que tuviera alguna marca visible en el cuerpo. Por supuesto, también podría ser que ella fuera la que le hubiera pegado al rey. No estaba segura de querer saberlo.

Pero de lo que estaba convencida era de que no quería que nadie más lo supiera.

La reina no estaba allí, así que entré y me senté junto a Madeline y Bianca.

—Hola, Amberly. ¿Dónde estabas esta mañana? —preguntó Bianca.

—¿Has estado enferma otra vez? —añadió Madeline.

—Sí, pero ahora me encuentro mucho mejor. —No estaba segura de si el examen médico era un secreto o no, pero decidí ser discreta de momento.

—¡Mejor, porque te lo has perdido todo! —dijo Madeline, acercándose y bajando la voz—. Se rumorea que Tia se ha acostado con Clarkson esta noche.

El corazón se me encogió.

—¿Qué?

—Fíjate —dijo Bianca, mirando por encima del hombro hacia la ventana, donde estaba sentada Tia, junto a Pesha y Marcy—. Mira lo satisfecha que se la ve.

—Pero eso va contra las normas —dije yo—. Va contra la ley.

—¿Y eso a quién le importa? —susurró Bianca—. ¿Tú le dirías que no?

Pensé en el modo en que me había mirado la noche anterior, en cómo sus dedos recorrían la superficie de la mesa. Bianca tenía razón; no le habría dicho que no.

—Pero ¿es cierto? ¿O es solo un rumor? —pregunté.

Al fin y al cabo, había pasado conmigo gran parte de la noche. No toda, claro: quedaban muchas horas entre el momento en que nos habíamos separado y cuando había vuelto a verle, a la hora del desayuno.

—Ella se muestra muy evasiva al respecto —respondió Madeline.

—Bueno, tampoco es que sea asunto nuestro. —Recogí las cartas que habían dejado tiradas por la mesa y me puse a barajar.

Bianca echó la cabeza atrás y suspiró con fuerza. Madeline apoyó una mano sobre la mía.

—Sí que es asunto nuestro. Esto cambia las reglas del juego.

—Esto no es un juego —respondí—. Al menos para mí.

Madeline estaba a punto de decir algo más, pero en aquel momento la puerta se abrió de golpe. En el umbral apareció la reina Abby, furiosa.

Si tenía algún cardenal, lo escondía muy bien.

—¿Quién de vosotras es Tia?

Todas nos giramos hacia la ventana, donde estaba Tia, paralizada y blanca como el papel.

—¿Y bien?

Tia levantó la mano lentamente; la reina se dirigió hacia

ella muy decidida, con los ojos encendidos. Esperaba que, cualquiera que fuera el reproche que fuera a hacerle la reina, se lo hiciera en privado. Por desgracia, ese no era el plan.

—¿Te has acostado con mi hijo? —le preguntó, sin preocuparse lo más mínimo por la discreción.

—Su majestad, no es más que un rumor —respondió ella, con apenas un hilo de voz, pero el silencio en la sala era tal que yo oía hasta la respiración de Madeline.

—¡Que no has hecho nada por atajar!

Tia balbució, iniciando quizá cinco frases diferentes antes de decidirse por una.

—Si no respondes a los rumores, acaban desapareciendo. Negar algo con vehemencia siempre implica que eres culpable.

—Así pues, ¿lo niegas o no?

Atrapada.

—No lo he hecho, majestad.

No creo que importara si decía la verdad o si mentía. El destino de Tia estaba sellado antes de decir la primera palabra.

La reina Abby la agarró por el cabello y tiró de ella hacia la puerta.

—Te vas ahora mismo.

Tia chilló de dolor y protestó:

—¡Pero eso solo lo puede hacer el príncipe Clarkson, majestad! ¡Son las normas!

—¡También está en las normas no ser una zorra! —le gritó la reina.

Tia tropezó y cayó; la reina la mantenía en pie cogida por el pelo. Mientras intentaba ponerse en pie de nuevo, la reina Abby la lanzó al pasillo, haciéndola caer de nuevo al suelo.

—¡FUERA... DE... AQUÍ!

Cerró de un portazo y, de inmediato, se giró hacia el resto de nosotras. Se tomó su tiempo para escrutarnos una a una, asegurándose de que éramos conscientes de su poder.

—Que quede muy claro —dijo muy despacio, avanzando lentamente por entre los sofás y las butacas en las que estábamos sentadas, con un aire imponente y aterrador a la vez—: si alguna de vosotras, mocosas engreídas, piensa que puede meterse en mi casa y quitarme la corona, que se lo piense muy bien.

41

Se detuvo frente a un grupito de chicas situadas junto a la pared.

—Y si creéis que podéis comportaros como escoria y seguir aspirando al trono, no sabéis lo que os espera —añadió, plantándole un dedo en la cara a Piper—. ¡No lo toleraré!

Piper tuvo que echar la cabeza hacia atrás, empujada por el dedo de la reina, pero no reaccionó al dolor hasta que la reina Abby hubo pasado de largo.

—Soy la reina. Y la gente me adora. Si queréis casaros con mi hijo y vivir en mi casa, tendréis que ser todo lo que yo os diga: obedientes…, refinadas y… calladas.

Se fue abriendo paso por entre las mesas y se detuvo frente a Bianca, Madeline y yo.

—A partir de ahora, vuestra única misión será presentaros donde os manden, ser unas damas, sentaros y sonreír.

Sus ojos se cruzaron con los míos en el momento en que acababa su discurso y yo, estúpidamente, me tomé aquello como una orden. Así que sonreí. A la reina no le hizo ninguna gracia: se puso muy recta y me quitó la sonrisa de la cara de un bofetón.

Solté un gruñido y caí sobre la mesa. No me atreví a moverme.

—Tenéis diez minutos para dejar todo esto despejado. Hoy recibiréis todas las comidas en las habitaciones. No quiero oíros chistar a ninguna.

Oí que la puerta se cerraba, pero quise asegurarme:

—¿Se ha ido?

—Sí. ¿Estás bien? —preguntó Madeline, sentándose delante de mí.

—La cara me duele como si me la hubiera abierto. —Me puse en pie, pero la mejilla me ardía y el dolor se extendía por mi cuerpo.

—¡Oh, Dios mío! —exclamó Bianca—. ¡Te ha dejado la marca de la mano!

—¿Piper? —dije—. ¿Dónde está Piper?

—Aquí —respondió, entre lágrimas.

Me puse en pie y la vi acercándose.

—¿Estás bien?

—Me duele un poco —dijo, pasándose la mano por el lugar

donde la reina le había clavado el dedo; vi la medialuna que había dejado la uña.

—Tienes una pequeña marca, pero, con un poco de maquillaje, será fácil cubrirla.

Se me echó a los brazos. Ambas nos abrazamos.

—¿Qué bicho le ha picado? —preguntó Nova, poniendo voz al pensamiento de todas.

—A lo mejor es su manera de proteger a su familia —sugirió Skye.

Cordaye resopló, frunciendo los labios:

—Todas hemos visto cómo bebe. Se olía a la legua.

—En la tele siempre está encantadora —reflexionó Kelsa, confusa con todo aquello.

—Escuchad —dije yo—. Una de nosotras sabrá un día lo que es ser reina. Debe de sufrir una presión tremenda. Se ve incluso desde fuera. —Hice una pausa y me froté la mejilla. Estaba ardiendo—. De momento, creo que deberíamos intentar evitar a la reina todo lo que podamos. Y no le mencionemos esto a Clarkson. No creo que hablarle mal de su madre, haya hecho lo que haya hecho, nos haga ningún bien a ninguna.

—¿Se supone que tenemos que pasar esto por alto? —preguntó Neema, indignada.

—Yo no puedo obligaros —respondí, encogiéndome de hombros—. Pero es lo que voy a hacer yo.

Volví a abrazar a Piper y las dos nos quedamos allí, en silencio. Antes esperaba poder llegar a crear lazos de unión con aquellas chicas hablando de música, aprendiendo a maquillarnos juntas… Nunca había imaginado que sería un miedo común lo que nos uniría como hermanas.

43

Capítulo 6

Decidí que nunca se lo preguntaría. Si el príncipe Clarkson se había acostado con Tia, no quería saberlo. Y si no lo había hecho y se lo preguntaba, sería como romper nuestro vínculo de confianza mutua antes incluso de crearlo. Lo más probable es que fuera un rumor, sin duda lanzado por la propia Tia para intimidarnos a las demás, y estaba claro que le había salido el tiro por la culata.

Aquellas cosas más valía olvidarlas.

Lo que no podía olvidar era el intenso dolor en el rostro. Habían pasado horas tras el bofetón, y, sin embargo, aún sentía el dolor palpitante.

—Es hora de cambiar el hielo —dijo Emon, pasándome otra compresa fría.

—Gracias. —Le di la que tenía puesta.

Al volver a mi habitación y pedirles algo a mis doncellas para aliviar el dolor, ellas me preguntaron cuál de las seleccionadas me había pegado, asegurando que irían a decírselo inmediatamente al príncipe. Les había dicho que no había sido ninguna de las chicas. No podía ser ninguno de los criados. Ellas sabían que había estado en la Sala de las Mujeres toda la mañana, así que solo quedaba una opción.

No hicieron más preguntas. Lo sabían.

—Al ir a buscar el hielo, he oído que la reina se va a tomar unas breves vacaciones sola la semana que viene —comentó Martha, sentada en el suelo junto a mi cama.

Yo estaba sentada de cara a la ventana, mirando a la vez a la pared y al cielo abierto.

—¿Ah, sí?

Ella sonrió.

—Parece que tener tantas visitas en palacio la ha puesto de los nervios, así que el rey le ha sugerido que se tome algo de tiempo libre.

Puse los ojos en blanco. Primero se lamentaba de lo mucho que gastaba ella en vestidos, y luego la mandaba de vacaciones. Claro que no sería yo la que se quejara. Una semana sin ella, en aquel momento, me parecía una bendición.

—¿Aún le duele? —preguntó Martha.

Aparté la mirada y asentí.

—No se preocupe, señorita, para cuando acabe el día, se le habrá pasado.

Habría querido decirle que, en realidad, el problema no era el dolor. Mi verdadera preocupación era que aquello no fuera un indicio de lo difícil que podía llegar a ser la vida como princesa. Como poco, sería un reto.

Como mucho, podía llegar a ser una tortura.

Repasé los datos de los que disponía: en el pasado, el rey y la reina se habían querido, pero ahora ambos hacían un esfuerzo por contener su odio. La reina era una alcohólica y estaba obsesionada con la posesión de la corona. El rey, como poco, estaba al borde del ataque de nervios. Y Clarkson...

Él hacía lo que podía para parecer resignado, tranquilo, controlado. Sin embargo, debajo de todo eso había una risa infantil. Y, cuando estallaba, le costaba un esfuerzo supremo volver a recomponerse.

No es que el sufrimiento a mí me fuera algo ajeno. Yo había trabajado hasta el punto del agotamiento físico. Había soportado un calor sofocante. Aunque como Cuatro disponía de cierto nivel de seguridad económica, vivía casi en la pobreza.

Sería una dura prueba. Una más. Eso, claro, si el príncipe Clarkson me escogía a mí.

Pero si me acababa eligiendo significaría que me quería, ¿no? ¿Y eso no haría que todo lo demás valiera la pena?

—¿En qué está pensando, señorita? —me preguntó Martha.

Sonreí y le tendí la mano.

—En el futuro. Lo cual no tiene sentido, supongo. Será lo que tenga que ser.

—Usted es un encanto, señorita. Él sería afortunado de tenerla como esposa.

—Y yo sería afortunada de tenerlo a él.

Era cierto. Era todo lo que siempre había deseado. Lo que me asustaba era todo lo que venía detrás.

Danica se probó otro par de zapatos de Bianca.

—¡Me quedan perfectos! Vale, yo me quedo estos, y tú te quedas los míos azules.

—Hecho. —Bianca estrechó la mano de Danica y sonrió de oreja a oreja.

Nadie nos había dicho que no pudiéramos ir a la Sala de las Mujeres el resto de la semana, pero todas habíamos optado por evitarla. Solíamos reunirnos en grupos e íbamos de dormitorio en dormitorio, probándonos la ropa de una y de otra, y charlando, como siempre.

Solo que ahora era diferente. Sin la reina, las chicas nos convertíamos en…, bueno, eso, en chicas. Todas parecían de mejor humor. En lugar de preocuparnos por el protocolo o de mantener unas formas impecables, nos permitíamos ser las chicas que éramos antes de que nos seleccionaran, las chicas que éramos en casa.

—Danica, creo que tenemos más o menos la misma talla. Estoy segura de que tengo vestidos que te irían muy bien con esos zapatos —propuse.

—Te tomo la palabra. Tus vestidos son de los más bonitos. Los tuyos y los de Cordaye. ¿Has visto las cosas que le hacen sus doncellas?

Suspiré. No sabía cómo lo hacían, pero las doncellas de Cordaye conseguían que las telas de los vestidos le sentaran como a nadie. Los vestidos de Nova también estaban un punto por encima de los demás. Me pregunté si quien ganara la Selección podría elegir a sus doncellas. Yo dependía tanto de Martha, Cindly y Emon que no me imaginaba poder estar en palacio sin ellas.

—¿Sabéis lo que me resulta extraño? —dije.

47

—¿Qué? —respondió Madeline, mientras revolvía el joyero de Bianca.

—Que un día esto no será así. Al final, una de nosotras estará aquí, sola.

Danica se sentó a mi lado, junto a la mesa de Bianca.

—Lo sé. ¿Crees que en parte puede ser ese el motivo de que la reina esté tan enfadada? Quizás haya pasado demasiado tiempo sola.

Madeline negó con la cabeza.

—Creo que eso es por decisión propia. Podía tener los invitados que quisiera. Podría traerse a toda una familia a palacio.

—Salvo que al rey le moleste.

—Es cierto. —Madeline volvió a fijar la atención en el joyero—. No consigo entender mucho al rey. Parece distanciado de todo. ¿Creéis que Clarkson será así?

—No —respondí yo, sonriendo para mis adentros—. Clarkson tiene su propia personalidad.

Nadie añadió nada más; cuando levanté la vista me encontré de frente la sonrisa maliciosa de Danica.

—¿Qué?

—Lo tienes mal —dijo, casi como si le diera lástima.

—¿Qué quieres decir?

—Estás enamorada de él. Mañana mismo podrían decirte que se divierte pateando a cachorrillos de perro, y seguirías suspirando por él.

Erguí la espalda y levanté la cabeza un poco.

—Cabe la posibilidad de que se case conmigo. ¿No debería quererle?

Madeline chasqueó la lengua. Danica insistió:

—Sí, bueno, pero, por cómo te comportas, parece como si lo quisieras desde siempre.

Me sonrojé e intenté no pensar en la vez en que le sisé unas monedas del monedero a mamá para comprar un sello con su cara. Aún lo tenía, pegado a un papel, y lo usaba como punto de libro.

—Lo respeto —aduje—. Es el príncipe.

—Es más que eso. Sacrificarías tu vida por él.

No respondí.

—¡Lo harías! ¡Oh, Dios mío!

—Voy a buscar esos vestidos —dije, poniéndome en pie—. Enseguida vuelvo.

Intenté no asustarme con todo lo que me pasaba por la cabeza. Como se trataba de una elección entre él y yo, no me veía capaz de no ponerle a él por delante. Él era el príncipe; como tal, era un activo de valor incalculable para el país. Pero no solo eso: también tenía un enorme valor para mí.

Me encogí de hombros y me propuse no pensar más en ello.

Además, no parecía que fuera a darse el caso.

Capítulo 7

*S*iempre me costaba adaptarme a las cegadoras luces del estudio. Eso, sumado al peso de los vestidos cargados de joyas que mis doncellas insistían en que me pusiera para el *Report*, hacía que aquella hora me resultara insufrible.

El nuevo reportero estaba entrevistando a las chicas. Aún quedábamos bastantes, con lo que resultaba fácil pasar desapercibida. De momento, aquel era mi objetivo. Pero, si me tenían que entrevistar, no estaría tan mal si era Gavril Fadaye quien hacía las preguntas.

El anterior comentarista real, Barton Allory, se había retirado la misma noche en que se habían revelado las candidatas a la Selección; había compartido aquella emisión con su sustituto, elegido a dedo. Gavril, de veintidós años, procedente de una respetable familia de Doses, era un tipo con una gran personalidad y que enseguida te caía bien. Me entristeció ver marcharse a Barton..., pero no demasiado.

—Lady Piper, ¿cuál opina que debería ser el principal papel de una princesa? —preguntó Gavril con una sonrisa reluciente que hizo que Madeline me diera un codazo disimuladamente.

Piper mostró una sonrisa encantadora y respiró con fuerza. Volvió a respirar. Y luego el silencio se volvió incómodo.

Fue entonces cuando me di cuenta de que aquella era una pregunta que todas deberíamos temer. Miré en dirección a la reina, que iba a tomar un avión inmediatamente después de que se apagaran las cámaras. Ella estaba observando a Piper, desafiándola a hablar, después de habernos advertido que mantuviéramos silencio.

Observé el monitor: el miedo en su rostro resultaba insufrible.

—¿Piper? —le susurró Pesha, a su lado.

Finalmente, la chica negó con la cabeza.

A Gavril se le notaba en los ojos que estaba buscando un modo desesperado de salvar la situación, de salvarla a ella. Barton habría sabido qué hacer, por supuesto. Pero Gavril era demasiado inexperto.

Levanté la mano. Gavril miró en mi dirección, aliviado.

—El otro día tuvimos una larga conversación sobre esto. Supongo que Piper no sabe por dónde empezar. —Solté una risita, y algunas chicas me siguieron—. Todas estamos de acuerdo en que nuestra obligación prioritaria es para con el príncipe. Servirle a él es servir a Illéa. Puede que parezca raro, pero el que nosotras cumplamos con nuestro papel ayudará al príncipe a cumplir con el suyo.

—Bien dicho, Lady Amberly. —Gavril sonrió y pasó a la pregunta siguiente.

Yo no miré a la reina. Me concentré en mantener la postura erguida, pese al dolor de cabeza que empezaba a dejarse sentir. ¿Sería cosa de la tensión? Y si ese era el caso, ¿por qué se presentaba sin motivo algunas veces?

Observé en los monitores que las cámaras no me enfocaban a mí ni a las chicas de mi fila, así que decidí pasarme la mano por la frente. Era evidente que la piel se me estaba volviendo más tersa. Tenía ganas de apoyar la cabeza sobre el brazo, pero eso era impensable. Aunque se me excusara un gesto tan impropio, el vestido tampoco me lo permitiría.

Erguí el cuerpo, concentrándome en la respiración. El dolor avanzaba a ritmo constante, pero me obligué a mantener la posición. No era la primera vez que me enfrentaba a aquel malestar, y en condiciones mucho peores. «Esto no es nada —me dije—. Lo único que tengo que hacer es seguir sentada.»

Las preguntas no parecían acabarse nunca, aunque creo que Gavril no había hablado con todas las chicas. En un momento dado, las cámaras dejaron de filmar. Fue entonces cuando recordé que ahí no acababa el día. Aún me quedaba la cena antes de poder volver a mi habitación. Solía durar una hora, más o menos.

—¿Te encuentras bien? —preguntó Madeline.

—Será el cansancio —dije, asintiendo.

Oímos una risa y nos giramos. El príncipe Clarkson estaba hablando con algunas de las chicas de la primera fila.

—Me gusta cómo lleva hoy el pelo —comentó Madeline.

Se disculpó levantando un dedo ante las chicas con las que estaba hablando y rodeó al grupo con la vista fija en mí. Cuando se acercó hice una leve reverencia; en el momento en que volví a erguirme, sentí su mano tras la espalda, agarrándome de forma que los demás no nos vieran el rostro.

—¿Te encuentras mal?

Suspiré.

—He intentado ocultarlo. Me duele muchísimo la cabeza. Necesito estirarme.

—Cógete de mi brazo. —Me mostró el codo y yo le rodeé el brazo con mi mano—. Sonríe.

Fruncí los labios. A pesar del malestar, con él allí resultaba más fácil.

—Te agradezco mucho que vinieras a nuestra cita —dijo, lo suficientemente alto como para que pudieran oírlo las chicas que estaban más cerca—. Estoy intentando recordar qué postre es el que más te gusta.

No respondí, pero mantuve la sonrisa hasta que salimos del estudio. Sin embargo, en cuanto rebasamos la puerta, no pude aguantar más. Cuando llegamos al final del pasillo, Clarkson me cogió en brazos.

—Vamos a que te vea el médico.

Cerré los ojos con fuerza. Volvía a sentir náuseas; un sudor frío me cubría el cuerpo. Pero me sentía más cómoda entre sus brazos de lo que podría estar en una silla o en una cama. Incluso con todo el movimiento, estar hecha un ovillo con la cabeza apoyada en su hombro me parecía lo mejor del mundo.

En la enfermería había una enfermera nueva, pero igual de amable que la anterior. Ayudó a Clarkson a meterme en una cama, con las piernas apoyadas sobre una almohada.

—El médico está durmiendo —dijo—. Se ha pasado la noche entera en pie, y gran parte del día ayudando en el parto de dos doncellas diferentes. ¡Dos niños, uno tras otro! ¡Con solo quince minutos de diferencia!

—No hace falta que le molesten —respondí, sonriendo ante la feliz noticia—. No es más que un dolor de cabeza. Ya se me pasará.

—Tonterías —respondió Clarkson—. Vaya a buscar a una doncella y que nos traigan la cena aquí. Esperaremos al doctor Mission.

La enfermera asintió y se puso en marcha.

—No hacía falta que hicieras eso —susurré—. El médico ha pasado una mala noche, y yo no tengo nada grave.

—Sería una negligencia por mi parte si no me asegurara de que se ocupan de ti como corresponde.

Intenté interpretar aquello como algo romántico, pero sonaba más bien como si se sintiera obligado. Aun así, si hubiera querido, habría podido ir a comer con las otras, pero no, había elegido quedarse conmigo.

Picoteé algo de la cena, por no ser maleducada, aunque aún me encontraba mal. La enfermera me trajo una medicina. Cuando el doctor Mission apareció, con el cabello aún mojado de la ducha, me sentía mucho mejor. El dolor intenso, que antes era como una campana resonando desbocada, se había convertido más bien en una campanilla.

—Siento el retraso, alteza —se disculpó el médico, con una reverencia.

—No hay problema —respondió el príncipe Clarkson—. Hemos disfrutado de una cena espléndida en su ausencia.

—¿Cómo va su cabeza, señorita? —dijo el doctor Mission, cogiéndome la muñeca entre los dedos para tomarme el pulso.

—Mucho mejor. La enfermera me ha dado una medicina que me ha ido estupendamente.

Sacó una linternita y me enfocó los ojos.

—Quizá debería tomar algo a diario. Sé que intenta combatir los dolores cuando se presentan, pero podríamos intentar evitarlos antes de que aparezcan. No hay nada seguro, pero veré qué puedo darle.

—Gracias —respondí, cruzando los brazos sobre el regazo—. ¿Cómo están los niños?

—Absolutamente perfectos —dijo el médico, eufórico—. Sanos y gordos.

Sonreí, pensando en las dos nuevas vidas que habían ini-

54

ciado su andadura en palacio aquel mismo día. ¿Serían grandes amigos y le contarían a todo el mundo la historia de su nacimiento, tan próximo en el espacio y en el tiempo?

—Hablando de bebés, quería hablar con usted de los resultados de sus análisis.

La alegría desapareció de mi rostro, de mi cuerpo entero. Me senté más erguida aún, preparándome para la mala noticia. Por su rostro, estaba claro que estaba a punto de sentenciarme.

—Los test muestran diferentes toxinas en la sangre. Si los valores siguen tan altos semanas después de alejarse de su región natal, debo suponer que serían mucho más altos cuando estaba allí. Para algunas personas, eso no sería un problema. El cuerpo responde, se ajusta y puede seguir viviendo sin ningún efecto secundario. Por lo que me ha contado de su familia, diría que dos de sus hermanos están haciendo eso exactamente.

—Pero una de tus hermanas tiene hemorragias nasales, ¿no? —preguntó Clarkson.

Asentí.

—¿Y usted tiene constantes migrañas? —preguntó el médico.

Asentí de nuevo.

—Supongo que su cuerpo no está anulando esas toxinas. A partir de las pruebas y de algunos de los datos personales que me ha dado, yo diría que esos accesos de fatiga, náuseas y dolor proseguirán, probablemente durante el resto de su vida.

Suspiré. Bueno, eso no era peor que lo que estaba experimentando en aquel momento. Y, por lo menos, Clarkson no parecía molesto.

—También tengo motivos para estar preocupado por su salud reproductiva.

Me lo quedé mirando con los ojos como platos. Por el rabillo del ojo vi que Clarkson cambiaba de postura en la silla.

—Pero... ¿por qué? Mi madre ha tenido cuatro hijos. Y tanto ella como mi padre proceden de familias numerosas. Simplemente me canso, nada más.

El doctor Mission mantuvo su imagen compuesta, profesional, como si no estuviera dispuesto a hablar de los aspectos más personales de mi vida.

—Sí, y aunque la genética ayuda, basándome en las pruebas, parece que su cuerpo sería… un hábitat no favorable para un feto. Y que cualquier niño que pudiera concebir —hizo una pausa, se quedó mirando al príncipe un momento y luego volvió a mirarme a mí— no sería apto para… determinadas tareas.

Determinadas tareas. Como que no sería lo suficientemente brillante, lo suficientemente sano o lo suficientemente bueno como para ser príncipe.

El estómago se me encogió.

—¿Está seguro? —pregunté con un hilo de voz.

Clarkson tenía los ojos fijos en el médico, a la espera de que le confirmara esa noticia. Aquella, sin duda, era una información vital para él.

—En el mejor de los casos. Eso, si consigue concebir.

—Discúlpenme. —Salté de la cama y corrí hasta el baño que había junto a la entrada de la enfermería, me metí en un cubículo y vomité hasta no poder más.

Capítulo 8

*P*asó una semana. Clarkson ni siquiera me miraba. Yo estaba destrozada. En mi ingenuidad, había creído que sería posible. Tras superar la incomodidad de nuestra primera conversación, él había buscado cualquier motivo para propiciar un encuentro conmigo, para cuidarme.

Evidentemente, eso era cosa del pasado.

Estaba segura de que un día, muy pronto, Clarkson me mandaría a casa. Luego, pasaría un tiempo, pero mi corazón se recuperaría. Con un poco de suerte conocería a otra persona y... ¿qué le diría? No ser capaz de dar un heredero digno al trono era algo teórico, quizás una hipótesis lejana. Pero ¿no poder dar un hijo a un Cuatro? La idea me resultaba insoportable.

Solo comía cuando creía que la gente me miraba. Solo dormía cuando estaba demasiado agotada como para no hacerlo. A mi cuerpo no le importaba yo, así que ¿por qué iba a preocuparme yo por él?

La reina volvió de sus vacaciones, los *Reports* continuaron, los días pasados allí sentadas, como muñecas, iban sucediéndose. A mí todo aquello ya no me importaba.

Estaba en la Sala de las Mujeres, sentada junto a la ventana. El sol me recordaba Honduragua, aunque aquí había menos humedad. Me puse a rezar, rogándole a Dios que Clarkson me enviara a casa. Estaba demasiado avergonzada como para escribir a mi familia y contarles las malas noticias, pero sentirme rodeada de todas aquellas chicas y de sus aspiraciones a subir de casta empeoraba aún más las cosas. Yo tenía límites. No podía compartir sus mismas aspiraciones. Al menos en casa no tendría que pensar más en ello.

Madeline se me acercó por detrás y me frotó la espalda con la mano.

—¿Estás bien?

No sin esfuerzo, esbocé una sonrisa.

—Solo estoy cansada. No es nada nuevo.

—¿Estás segura? —Se pasó la mano por el vestido para alisarlo y se sentó—. Pareces… diferente.

—¿Cuáles son tus objetivos en la vida, Madeline?

—¿Qué quieres decir?

—Quiero decir exactamente eso. ¿Qué sueños tienes? Si pudieras sacarle el máximo partido a la vida, ¿qué le pedirías?

Ella sonrió con timidez.

—Sería princesa, por supuesto. Con montones de admiradores y fiestas cada fin de semana, y Clarkson pendiente de mí. ¿Tú no?

—Es un sueño precioso. Y si tuvieras que pedirle «lo mínimo» a la vida, ¿qué le pedirías?

—¿Lo mínimo? ¿Por qué iba nadie a pedir lo mínimo de la vida? —Sonrió divertida, pese a no comprenderme.

—Pero ¿no debería haber un mínimo aceptable que la vida debería darnos? ¿Es demasiado pedir un trabajo que no odies o contar con algo propio que sabes que no puedes perder? ¿Es demasiado pedir? ¿Incluso para alguien desgraciado? ¿No podría tener eso yo, al menos? —La voz se me quebró y me llevé los dedos a la boca, como si mis dedos diminutos pudieran contener aquel dolor.

—¿Amberly? —susurró Madeline—. ¿Qué pasa?

Meneé la cabeza.

—Nada, necesito descansar.

—No deberías estar aquí. Déjame que te acompañe a tu habitación.

—La reina se enfadará.

Madeline chasqueó la lengua.

—¿Y cuándo no está enfadada?

Suspiré.

—Cuando está borracha.

La risa de Madeline esta vez fue más ligera y auténtica; se tapó la boca para no llamar la atención. Verla así me animaba, y cuando se levantó me costó menos seguirla.

No hizo más preguntas, pero pensé que se lo contaría antes de irme. Sería agradable tener a alguien en quien confiar.

Cuando llegué a mi habitación, me volví y la abracé. Tardé un rato en soltarla. Ella no me apremió. Al menos en aquel momento contaba con ese mínimo afecto necesario en la vida.

Me fui hasta la cama, pero antes de meterme dentro me dejé caer de rodillas y junté las manos, como si rezara: «¿Estoy pidiendo demasiado?».

Pasó otra semana. Clarkson envió a casa a dos de las chicas. Deseé con todas mis fuerzas que me hubiera mandado de vuelta a mí.

—¿Por qué no yo?

Sabía que Clarkson podía resultar duro, pero no me parecía alguien cruel. No pensaba que pudiera querer hacerme soñar con una posición inalcanzable para mí.

Me sentí como si estuviera sonámbula, pasando por la competición como un fantasma recorriendo una y otra vez las últimas fases de su vida. El mundo me parecía una sombra de sí mismo. Y yo iba arrastrándome por él, fría y cansada.

Las chicas no tardaron mucho en cansarse de hacer preguntas. De vez en cuando, sentía el peso de sus miradas sobre mí. Pero yo solía apartarme. Así parecían entender que no valía la pena el esfuerzo de pedirme una explicación. Llegué a pasar desapercibida a ojos de la reina… De hecho, pasé desapercibida a ojos de todo el mundo. Y no me importaba estar apartada de todo, sola con mis preocupaciones.

Podría haber seguido así infinitamente. Cierto día, tan anodino y triste como los anteriores, estaba tan distraída que ni siquiera me di cuenta de que recogían el comedor. No noté nada hasta ver a alguien vestido con traje justo delante, al otro lado de la mesa.

—Te encuentras mal.

Alcé la vista, vi a Clarkson y aparté los ojos casi a la misma velocidad.

—No, es que últimamente estoy más cansada de lo habitual.

—Estás delgada.

—Ya te lo he dicho, me he sentido fatigada.

Dio un puñetazo en la mesa y me hizo dar un respingo. No pude evitar mirarle de nuevo a la cara. Mi corazón adormecido no sabía qué hacer.

—No estás fatigada. Te estás hundiendo —dijo con firmeza—. Entiendo el motivo, pero tienes que superarlo.

¿Superarlo? ¿Superarlo?

Los ojos se me llenaron de lágrimas.

—Con todo lo que sabes, ¿cómo puedes ser tan cruel conmigo?

—¿Cruel? —replicó, prácticamente escupiendo la palabra—. ¿Porque intento apartarte del borde del abismo? Si sigues así, vas a acabar matándote. ¿Qué demostrarás? ¿Qué habrás conseguido, Amberly?

Por duras que fueran sus palabras, mi nombre dicho por él fue como una caricia.

—¿Te preocupa que quizá no puedas tener hijos? ¿Y qué? Si acabas matándote, desde luego no tendrás ninguna posibilidad. —Cogió el plato que tenía delante, aún lleno de jamón, huevos y fruta, y me lo acercó—. Come.

Me sequé las lágrimas de los ojos y me quedé mirando la comida. El estómago se me rebeló nada más verla.

—Es demasiado fuerte. No puedo comerme eso.

Bajó la voz y se acercó un poco.

—Entonces, ¿qué puedes comer?

Me encogí de hombros.

—Pan, quizá.

Clarkson levantó la cabeza y chasqueó los dedos, llamando a un mayordomo.

—Alteza —respondió este, con una reverencia.

—Ve a la cocina y tráele pan a Lady Amberly. De varios tipos.

—Inmediatamente, señor. —Se volvió y salió de la sala, casi a la carrera.

—¡Y, por Dios, trae también algo de mantequilla! —le gritó Clarkson, mientras desaparecía.

Sentí otra oleada de vergüenza. Por si no fuera suficiente perder todas mis oportunidades con cosas que quedaban fuera de mi control, tenía que sufrir la humillación de estropearlo aún más con cosas que sí podía controlar.

—Escúchame —me pidió, con voz suave. Conseguí levantar los ojos y mirarle de nuevo—. No vuelvas a hacer eso. No me evites.

—Sí, señor —murmuré.

—Para ti, soy Clarkson —dijo, meneando la cabeza.

Y aunque tuve que hacer un gran esfuerzo para sonreír, valió la pena.

—Tienes que estar impecable, ¿me entiendes? Tienes que ser una candidata ejemplar. Hasta hace poco, no pensaba que necesitaría decírtelo, pero ahora parece que sí: no des motivo a nadie para que dude de tu competencia.

Me quedé atónita, incapaz de reaccionar. ¿Qué quería decir? Si hubiera tenido la cabeza más clara, se lo habría preguntado.

Un instante después, el mayordomo regresó con una bandeja llena de panecillos, bollos y otros panes. Clarkson dio un paso atrás.

61

—Hasta la próxima. —Se inclinó levemente y se fue, con los brazos a la espalda.

—¿Está bien así, señorita? —preguntó el mayordomo, y yo arrastré mis fatigados ojos hasta el montón de comida.

Asentí, cogí un bollo y le di un bocado.

Es una sensación extraña cuando descubres cuánto le importas a gente a quien pensabas que no le importabas nada. O descubrir que, cuando te vas desintegrando lentamente, otra gente lo sufre también en menor medida.

Cuando le pregunté a Martha si le importaría traerme un plato de fresas, los ojos se le llenaron de lágrimas. Cuando me reí de un chiste que contó Bianca, noté que Madeline se emocionó un poco, antes de unirse ella también a las risas. Y Clarkson...

Antes de aquello, la única vez que le había visto realmente disgustado había sido la noche que habíamos pillado a sus padres peleándose, y tuve la sensación de que su ataque de ira posterior se había debido justo a lo mucho que le importaban. Que se preocupara tanto por mí..., habría preferido que me dijera que le importaba de algún otro modo. Pero si no sabía demostrarlo de otra manera, tampoco me parecía mal.

Aquella noche, cuando me metí en la cama, me prometí dos cosas: en primer lugar, si tanto le importaba a Clarkson, dejaría de comportarme como una víctima. A partir de ahora iba a ser una competidora. En segundo lugar, nunca más le daría motivo a Clarkson Schreave para que se disgustara de aquel modo.

Su mundo parecía una tormenta.

Yo sería el centro.

Capítulo 9

—*R*ojo —insistió Emon—. El rojo siempre le queda estupendamente.

—Pero no debería ser un color tan primario. Quizás algo más profundo, como un burdeos —propuso Cindly, sacando otro vestido mucho más oscuro que el anterior.

Yo suspiré, encantada.

—Sí, ese.

No tenía el gancho de otras chicas, y no era una Dos, pero empezaba a pensar que había otros modos de destacar. Había decidido que iba a dejar de vestirme como una princesa y que iba a comenzar a vestirme como una reina.

No tardé mucho en darme cuenta de que había una diferencia entre una cosa y la otra. A las chicas de la Selección se les daban estampados florales, o vestidos hechos de tejidos vaporosos. Los vestidos de la reina eran declaraciones de principios, atrevidos e imponentes. Si yo no era así, al menos mis vestidos sí lo serían.

Y estaba trabajando en el porte y la compostura. Si en Honduragua me hubieran preguntado qué era más duro, si tostar café todo el día con un calor abrasador o mantener una postura correcta diez horas, habría dicho lo primero. Ahora empezaba a tener mis dudas.

Lo que quería dominar eran los matices sutiles, esos detalles que distinguían a una Uno. Aquella noche, en el *Report*, quería que la gente viera en mí la opción evidente. Quizá si conseguía dar tal imagen, conseguiría convencerme a mí también.

Cuando me acechaba la mínima duda, pensaba en Clarkson. No había habido ningún momento trascendental, decisivo, entre los dos, pero, cuando no estaba segura de si sería suficiente para él, me aferraba a los pequeños detalles: me había dicho que le gustaba. Que no le evitara. Quizá se alejara en cierto momento, pero también había regresado. Aquello bastaba para darme esperanzas. Así que me puse mi vestido burdeos, me tomé una pastilla para evitar que me entrara dolor de cabeza y me dispuse a dar lo mejor de mí misma.

No es que estuviéramos advertidas exactamente sobre cuándo se nos preguntaría o acerca de cuándo tendríamos que charlar con el presentador. Suponía que sería parte del proceso de Selección: encontrar a alguien que pudiera pensar por sí misma. Así que me sentí algo decepcionada cuando el *Report* acabó sin que ninguna de nosotras hubiéramos tenido ocasión de hablar. Me dije que no tenía que preocuparme. Habría otras oportunidades. Pero, aunque todas las demás suspiraban, aliviadas, yo estaba algo decepcionada.

Clarkson se me acercó y yo levanté la cabeza. Venía hacia mí. Iba a pedirme una cita. ¡Lo sabía! ¡Lo sabía!

Sin embargo, se paró delante de Madeline. Le dijo algo al oído. La chica asintió, encantada, y soltó una risita. Él le tendió la mano para que pasara delante, pero, antes de seguirla, me susurró al oído:

—Espérame.

Se fue, sin mirar atrás. Pero tampoco hacía falta.

—¿Está segura de que no necesita nada más, señorita?

—No, Martha, gracias. Estoy bien.

Había bajado la intensidad de las luces de la habitación, pero no me había quitado el vestido. Estuve a punto de pedir que me trajeran algo de postre, pero estaba convencida de que él ya habría comido.

No estaba segura de por qué, pero sentía un calor que me recorría todo el cuerpo, como si mi piel quisiera decirme que aquella noche era importante. Quería que fuera perfecta.

—Me mandará llamar, ¿verdad? No debería quedarse sola toda la noche.

Le cogí de las manos, y ella no vaciló en dejarme hacerlo.

—En cuanto el príncipe se marche, te llamaré.

Martha asintió y me apretó las manos antes de dejarme sola.

Corrí al baño, comprobé mi peinado, me cepillé los dientes y me alisé el vestido. Tenía que calmarme. Cada centímetro de mi piel estaba en guardia, esperándole.

Me senté junto a mi mesa, repasando la postura de mis dedos, manos, muñecas. Codos, hombros, cuello. Fui paso a paso, intentando relajarme. Por supuesto, todo aquello no sirvió de nada cuando Clarkson llamó a la puerta.

No esperó a que contestara: entró directamente. Me puse en pie para recibirle. Quería hacer una reverencia, pero había algo en su mirada que me desorientó. Le vi avanzar por la habitación, con la mirada fija en mí.

Me llevé la mano al estómago, haciendo un esfuerzo por detener al puñado de mariposas que revoloteaban allí dentro, pero fue en vano.

Sin decir palabra, levantó una mano y la apoyó en mi mejilla, me apartó el cabello y luego la pasó por debajo de mi barbilla. Asomó en su rostro una sonrisa, justo antes de que acercara los labios.

A lo largo de los años, había imaginado un centenar de primeros besos con Clarkson. Pero aquello superó todos mis sueños.

Me guio, sujetándome muy cerca de su cuerpo. Pensé que quizá daría un paso en falso o dudaría, pero, de algún modo, mis manos acabaron entre su cabello, agarrándolo con la misma fuerza con que me agarraba él a mí. Movió el cuerpo y yo hice lo propio con el mío, adaptándolo al suyo, sorprendida de lo bien que encajábamos.

Aquello era la felicidad. Aquello era el amor. Todas esas palabras que se dicen o se leen y ahora…, ahora sabía lo que querían decir.

Cuando por fin se apartó, las mariposas y los nervios habían desaparecido. Una sensación completamente nueva recorría mi piel.

Se nos había acelerado la respiración, pero eso no le impidió hablar.

—Hoy estás imponente. Tenía que decírtelo —dijo, rozándome con la punta de los dedos los brazos, las clavículas, hasta llegar al cabello—. Absolutamente imponente.

Me besó una vez más y se marchó, deteniéndose al llegar a la puerta para mirarme una vez más.

Fui hasta la cama y me dejé caer. Quería llamar a Martha y pedirle que me ayudara a quitarme el vestido, pero me gustaba tanto que no me molesté en hacerlo.

Capítulo 10

$\mathcal{A}$ la mañana siguiente sentía cosquilleos intermitentes en la piel, que aparecían sin previo aviso. A cada movimiento, a cada roce o a cada respiración renacía esa sensación cálida que me invadía por completo. Y cada vez que eso ocurría, la mente se me iba hasta Clarkson.

En el desayuno cruzamos la mirada dos veces, y en ambas ocasiones mostró una expresión de satisfacción como la mía. Era como si un secreto delicioso flotara sobre nosotros.

Aunque ninguna de las chicas estábamos seguras de si los rumores sobre Tia eran ciertos, decidí tomarme su expulsión como un aviso y me guardé para mí el secreto de la noche anterior. El hecho de que nadie lo supiera lo hacía aún mejor; de algún modo, era algo más sagrado, algo que conservar como un tesoro.

El único inconveniente de haber besado a Clarkson era que hacía que cada momento que estábamos separados resultara insoportable. Necesitaba volver a verle, volver a tocarle. Si alguien me hubiera preguntado qué había hecho aquel día, no sería capaz de responder. Cada soplo de aire que respiraba era de Clarkson. Hasta la hora de vestirme para la cena, no hubo nada que me importara; lo único que me mantenía serena era la promesa de verlo después.

Mis doncellas comprendían perfectamente la nueva imagen que quería dar, y el vestido de aquella noche era aún mejor. De color miel, con la cintura alta y algo de vuelo hacia atrás. Quizá fuera un poco exagerado para la cena, pero a mí me encantaba.

Me senté en mi sitio a la mesa, ruborizándome cuando Clarkson me guiñó un ojo. Ojalá hubiera habido más luz, para verle bien el rostro. Estaba celosa de las chicas del otro lado del comedor, iluminadas por la luz del crepúsculo que entraba por los ventanales.

—Está rabiosa otra vez —murmuró Kelsa, inclinándose hacia mí.

—¿Quién?

—La reina. Mírala.

Miré en dirección a la cabecera de la mesa. Kelsa tenía razón. La reina tenía una expresión de profundo disgusto, como si le resultara molesto hasta el aire. Cogió un trozo de patata con el tenedor, se lo quedó mirando y volvió a dejarlo en el plato con un golpetazo.

Varias de las chicas se sobresaltaron al oírlo.

—Me pregunto qué le habrá pasado —respondí, también susurrando.

—No creo que le haya pasado nada. Es de esas personas que no puede estar contenta. Si el rey la mandara de vacaciones una semana de cada dos, no le bastaría. No estará satisfecha hasta que nos hayamos ido todas.

Se notaba que Kelsa estaba molesta con la reina y con su actitud de desprecio. Lo entendía, claro. Aun así, aunque solo fuera por Clarkson, no podía odiarla.

—Me pregunto qué hará cuando Clarkson elija.

—No quiero ni pensarlo —respondió Kelsa, mientras daba un sorbo a su zumo de manzana—. Sin duda, lo peor de Clarkson es ella.

—Yo no me preocuparía demasiado —bromeé—. El palacio es tan grande que si quisieras podrías evitarla casi todos los días.

—¡Bien pensado! —dijo, escrutando alrededor por si nos miraba alguien—. ¿Crees que tendrán una mazmorra donde podamos meterla?

No pude evitar reírme. En el palacio no había dragones que meter en jaulas, pero, desde luego, ella era lo que más se le parecía.

Todo había ocurrido muy rápido, aunque quizás así era como tenía que ser. De pronto, todas las ventanas se rompieron en añicos casi a la vez, mientras una lluvia de objetos las atravesaba. Entre la lluvia de cristales se oyeron varios chillidos de otras seleccionadas. Me pareció ver que Nova había recibido el impacto de lo que fuera que hubiera roto la ventana que tenía encima. Se agachó contra la mesa, encogiéndose, mientras algunos intentaban ver de dónde procedían los proyectiles.

Vi aquellas cosas raras en medio del comedor. Parecían enormes latas de sopa. Mientras yo fruncía los ojos, intentando descifrar algo de la que tenía más cerca, la que estaba junto a la puerta explotó, llenando el comedor de humo.

—¡Corred! —gritó Clarkson, en el momento en que otra lata explotaba—. ¡Salid de aquí!

Pese a los problemas que había entre ellos, el rey agarró a la reina del brazo y la sacó del comedor. Vi a dos chicas corriendo hacia el centro del comedor. Clarkson las sacó de allí enseguida.

Al cabo de unos segundos, el comedor quedó lleno de humo negro. Entre aquello y los gritos me costaba mucho concentrarme. Me giré, buscando con la vista a las chicas que tenía sentadas a mi lado. Habían desaparecido.

Habían salido corriendo, por supuesto. Volví a girarme, pero al momento me perdí entre el humo. ¿Dónde estaba la puerta? Respiré hondo, intentando calmarme, pero, en lugar de tranquilizarme, el humo me hizo toser. Tenía la impresión de que aquello era algo más que humo. Yo había estado más cerca de lo recomendable de alguna hoguera que otra, pero aquello... era diferente. Mi cuerpo me pedía descanso. Sabía que no estaba bien. Lo normal sería que reaccionara.

Me entró el pánico. Tenía que recuperar el control. La mesa. Si encontraba de nuevo la mesa, lo único que tenía que hacer era girar a la derecha. Moví los brazos a mi alrededor, tosiendo por efecto del gas y de mi respiración acelerada. Tropecé contra la mesa, que no estaba donde había pensado. Pero no me importaba, me bastaba con eso. Me apoyé sobre un plato, aún cubierto de comida. Pasé las manos por toda la mesa, tirando copas y sillas.

No iba a conseguirlo.

No podía respirar. Me sentía muy cansada.

—¡Amberly!

69

Levanté la cabeza, pero no veía nada.

—¡Amberly!

Golpeé la mesa con el puño, tosiendo del esfuerzo. No le oí más. Lo único que veía era el humo.

Volví a golpear la mesa. Nada.

Lo intenté una vez más. Entonces, al golpear la mesa, mi mano dio contra otra mano.

Nos buscamos el uno al otro, y él se apresuró a sacarme de allí.

—Ven —dijo, tirando de mí. Me pareció que la sala no se acababa nunca, hasta que di con el hombro contra el marco de la puerta. Clarkson me tiró de la mano, animándome a seguir, pero lo único que quería yo era descansar—. No. ¡Venga!

Seguimos avanzando por el pasillo. Allí vi a otras chicas, tendidas en el suelo. Algunas jadeaban en busca de aire; al menos dos habían vomitado por efecto del gas.

Clarkson me llevó más allá de las otras chicas y entonces ambos nos dejamos caer al suelo juntos, aspirando con fuerza el aire limpio. El ataque —porque estaba segura de que era un ataque— no había durado más de dos o tres minutos, pero yo me sentía como si hubiera corrido una maratón.

Estaba tendida sobre el brazo y me dolía mucho, pero me costó moverme. Clarkson no se movía, pero veía que su pecho se hinchaba y se hundía regularmente. Un momento después, se giró hacia mí.

—¿Estás bien?

Tuve que hacer acopio de fuerzas para responder:

—Me has salvado la vida. —Hice una pausa y cogí aire—. Te quiero.

Me había imaginado diciendo esas palabras muchísimas veces, pero nunca así. Pese a todo, no me arrepentía. Al momento, perdí la conciencia, mientras oía el ruido de los guardias resonando en mis oídos.

Cuando me desperté, tenía algo pegado a la cara. Acerqué la mano: era una máscara de oxígeno, como la que había visto después de que Samantha Rail se hubiera visto atrapada en aquel incendio.

Me giré hacia la derecha y vi que la mesita de la enfermera y la puerta estaban prácticamente a mi lado. En la otra dirección, casi todas las camas de la enfermería estaban ocupadas. No sabía cuántas de las chicas estarían allí, lo que me hizo preguntar cuántas habrían salido ilesas... o si alguna no habría sobrevivido.

Intenté levantar la cabeza, con la esperanza de ver más. Cuando ya casi tenía la espalda erguida, Clarkson me vio y se acercó. No estaba demasiado mareada ni me costaba respirar, así que me quité la máscara. Él se movía despacio, aún algo afectado por el gas. Cuando por fin llegó a mi lado, se sentó en el borde de mi cama y me habló despacio.

—¿Cómo te sientes? —dijo con tono grave.

—¿Qué importancia...? —Intenté aclararme la garganta. Mi voz también sonaba rara—. ¿Qué importancia tiene eso? No puedo creer que volvieras a entrar. Aquí hay más de veinte versiones de mí. Pero tú eres único.

Clarkson me tendió la mano.

—Tú no eres lo que se dice reemplazable, Amberly.

Apreté los labios para no llorar. El heredero al trono había puesto en peligro su vida para salvarme. Aquello me resultaba tan bonito que casi no podía contener la emoción.

—Lady Amberly —dijo el doctor Mission, acercándose—. Me alegro de ver que por fin se ha despertado.

—¿Las otras chicas están bien? —pregunté, con una voz que casi no reconocía como mía.

Él cruzó una mirada rápida con Clarkson.

—Estamos en ello —dijo. Había algo que no me contaban, pero ya me preocuparía de eso más tarde—. Aunque ha tenido usted mucha suerte. Su alteza sacó a cinco chicas del salón, incluida usted.

—El príncipe Clarkson es muy valiente, estoy de acuerdo. Tengo mucha suerte. —Aún tenía mi mano en la suya, y le di un apretón rápido.

—Sí —respondió el doctor Mission—, pero permítame que dude de que tanta valentía fuera necesaria.

Ambos nos giramos hacia él, pero fue Clarkson el que habló.

—¿Perdone?

—Alteza —respondió, en voz baja—, sin duda sabe que su padre no aprobaría que le dedicara tanto tiempo a una chica que no es digna de usted.

Si me hubiera dado un puñetazo no me habría hecho tanto daño.

—Las posibilidades de que conciba un heredero son mínimas, siendo generosos —prosiguió—. ¡Y casi pierde usted la vida rescatándola! Aún no he informado de su estado al rey, ya que estaba seguro de que usted, para no hacerla sufrir más, la mandaría a casa al saberlo. Pero, si esto sigue adelante, tendré que ponerle al corriente.

Se hizo una larga pausa.

—Creo que he oído decir a varias de las chicas que mientras las examinaba las ha tocado un poco más de lo necesario —respondió Clarkson, muy frío.

—¿Qué...? —replicó el médico, frunciendo los párpados.

—¿Y cuál es la que ha dicho que le ha susurrado algo muy inapropiado al oído? Supongo que da igual.

—Pero si yo nunca...

—Eso importa poco. Yo soy el príncipe. Nadie cuestiona mi palabra. Y si insinúo mínimamente que se ha atrevido a tocar a mis chicas de un modo no profesional, podría acabar frente al pelotón de fusilamiento.

Mi corazón latía desbocado. Quería decirle que parara, que no hacía falta amenazar a nadie. Sin duda habría otras maneras de resolver aquel asunto. Pero sabía que no era momento de hablar. El doctor Mission tragó saliva, mientras Clarkson proseguía:

—Si valora su vida lo más mínimo, le sugiero que no se meta con la mía. ¿Está claro?

—Sí, alteza —respondió el doctor Mission, haciendo una rápida reverencia para zanjar el asunto.

—Excelente. Y ahora, ¿se encuentra Lady Amberly en buen estado de salud? ¿Puede retirarse a descansar cómodamente a su habitación?

—Llamaré a una enfermera para que le tome las constantes enseguida.

Clarkson, con un gesto, le dio permiso para que se fuera, y el médico obedeció.

—¿Te lo puedes creer? Debería librarme de él de todos modos.

—No. No, por favor, no le hagas daño —dije, apoyando la mano en el pecho de Clarkson, que sonrió.

—Quería decir enviarlo a otro destino, buscarle una posición adecuada en otro lugar. Muchos de los gobernadores tienen médicos privados. Algo así le iría bien.

Suspiré, aliviada. Mientras no muriera nadie…

—Amberly —me susurró—. Antes de que el médico te lo dijera, ¿sabías que quizá no pudieras tener hijos?

Negué con la cabeza.

—Me preocupaba la posibilidad. He visto algunos casos, donde vivo. Pero mis hermanos mayores están casados y ambos tienen hijos. Esperaba que yo también pudiera tenerlos —dije, y al final se me quebró la voz.

—No te preocupes por eso ahora —me consoló él—. Vendré a verte más tarde. Tenemos que hablar.

Me besó en la frente, en plena enfermería, donde cualquiera podía vernos. Todas mis preocupaciones desaparecieron, aunque solo fuera por un momento.

73

Capítulo 11

—*T*engo un secreto para ti.

Me desperté con el susurro de Clarkson al oído. Era como si mi cuerpo supiera cómo responderle, y ni siquiera me había asustado. Más bien me había desperezado suavemente con su voz: era el despertar más dulce del mundo.

—¿De verdad? —Me froté los ojos y observé su sonrisa traviesa.

Asintió.

—¿Te lo cuento?

Respondí con una risita. Él volvió a acercar la cabeza a mi oído:

—Vas a ser la próxima reina de Illéa.

Eché la cabeza atrás para mirarle a la cara, buscando cualquier indicio que me dijera que era una broma. Pero lo cierto era que nunca le había visto tan tranquilo.

—¿Quieres que te diga cómo lo he sabido? —añadió, aparentemente encantado consigo mismo por la sorpresa que me había dado.

—Por favor —murmuré, aún incrédula.

—Espero que me perdones por haberos sometido a pequeñas pruebas, pero hace tiempo que sé lo que buscaba. —Cambió de postura. Erguí la cabeza, hasta quedarnos el uno frente al otro—. Me gustaba tu pelo.

Instintivamente me lo toqué.

—¿Qué quieres decir?

—No tenía nada de malo cuando lo llevabas más largo. Les pedí a varias de las chicas que se lo cortaran, pero tú fuiste la única que me dio la satisfacción de cortárselo más de tres centímetros.

Me lo quedé mirando, atónita. ¿Qué significaba eso?

—Y la noche que vine a buscarte para nuestra primera cita... ¿Lo recuerdas?

Claro que me acordaba.

—Vine tarde, consciente de que ya estarías lista para acostarte. Tú me dijiste que querías cambiarte, pero, cuando te dije que no, no discutiste. Viniste conmigo, tal como estabas. Las otras me echaron al pasillo y me hicieron esperar hasta vestirse. Es cierto que se dieron prisa, pero, aun así...

Me quedé pensando en ambas cosas un momento y confesé:

—No lo entiendo.

—Has visto a mis padres —dijo cogiéndome la mano—. Se pelean por tonterías. Les preocupan muchísimo las apariencias. Y, aunque eso es importante para el país, dejan que altere la poca paz que puedan tener, por no hablar de la felicidad. Si te pido cualquier cosa, tú me lo das. No eres vanidosa. Tienes la suficiente seguridad en ti misma como para ponerme por delante de tu imagen, de cualquier cosa. Lo sé por cómo recibes cualquier petición que te haga. Pero es más que eso...

Respiró hondo y se quedó mirando nuestras manos, como si estuviera decidiendo si decírmelo o no.

—Has guardado mis secretos. Te aseguro que, si te casas conmigo, habrá muchos más secretos que guardar. No me juzgas ni pareces agitarte demasiado. Me das paz. —Sus ojos buscaron los míos—. Busco la paz desesperadamente. Creo que eres la única oportunidad que tengo de conseguirla.

—¿El centro de tu tormenta? —dije yo, sonriendo.

Él suspiró, aliviado.

—Sí.

—Me encantaría ser eso para ti, pero solo hay un pequeño problema.

Él ladeó la cabeza.

—¿Tu casta?

—No. —Eso se me había olvidado—. Los hijos.

—Oh, eso —dijo él, casi como si se lo tomara a broma—. No me preocupa lo más mínimo.

—Pero tienes que tener un heredero.

—¿Para qué? ¿Para seguir con la línea sucesoria? Estás hablando de darme un hijo. Supón que conseguimos tener descendencia y es una niña. No tendría ninguna posibilidad de heredar la corona. ¿No crees que hay alternativas para eso?

—Yo quiero tener hijos —murmuré.

Él se encogió de hombros.

—No hay garantías de que los tengas. Personalmente, a mí no es que me encanten los niños. Creo que para eso están las niñeras.

—Y vives en una casa **tan grande** que nunca oirías a uno si levantara la voz.

Clarkson chasqueó la lengua.

—Es cierto. Bueno, en cualquier caso, eso para mí no es ningún problema —dijo.

Parecía tan tranquilo, tan despreocupado, que le creí. Así que, de pronto, me quité de encima el peso de toda aquella preocupación. Los ojos se me humedecieron, pero no me permití verter ni una lágrima. Me las guardaría para más tarde, para cuando estuviera sola.

—Para mí el problema es tu casta —confesó—. Bueno, no tanto para mí como para mi padre. Necesitaremos tiempo para estudiar cómo afrontar eso, lo que significa que la Selección puede durar aún un tiempo. Pero confía en mí —dijo, acercándose más—: tú serás mi esposa.

Me mordí el labio, demasiado contenta como para creer que aquello pudiera ser verdad.

Me colocó un mechón de cabello tras la oreja.

—Tú serás lo único en este mundo que es mío de verdad. Y te voy a poner en un pedestal tan alto que será impensable que alguien pueda no adorarte.

Meneé la cabeza, embriagada de felicidad.

—No sé qué decir.

Me dio un beso rápido.

—Di que sí. Así practicas. Cuando llegue el momento, quiero que estés lista.

Apoyó su frente en la mía y guardamos silencio un momento. No podía creer que aquello fuera de verdad. Clarkson había dicho todas las palabras que yo esperaba oír: «reina, es-

77

posa, adorar». Los sueños que había atesorado en mi corazón se estaban volviendo realidad.

—Deberías dormir un poco más. Ese ataque de hoy ha sido uno de los más crueles hasta el momento. Quiero que te recuperes del todo.

—Como quieras.

Me pasó un dedo por la mejilla, contento con mi respuesta.

—Buenas noches, Amberly.

—Buenas noches, Clarkson.

En cuanto se fue, volví a meterme en la cama, pero sabía que no podría dormir. ¿Cómo iba a hacerlo, con el corazón latiéndome con aquella fuerza y la mente desbocada, pensando en todos los escenarios posibles de nuestro futuro?

Me levanté despacio y fui al escritorio. Solo se me ocurría un modo de sacarme aquello de dentro.

Querida Adele:
¿Me guardas un secreto?

La favorita

PRIMERA PARTE

$\mathcal{M}$e subí un poco los tirantes del vestido, para cubrirme los hombros. Carter estaba callado; su silencio me provocaba más escalofríos que la falta de calefacción en las celdas de palacio. Había sido horrible oír sus gruñidos de dolor mientras los guardias le golpeaban una y otra vez, pero al menos entonces sabía que respiraba.

Estremecida, encogí las piernas y acerqué las rodillas al pecho. Otra lágrima me cayó por la mejilla, y lo agradecí, aunque solo fuera por la calidez del líquido sobre la piel. Lo sabíamos. Sabíamos que podía acabar así. Y, aun así, nos habíamos visto. Era inevitable.

Me pregunté cómo moriríamos. ¿Ahorcados? ¿De un tiro? ¿O quizás algo mucho más elaborado y doloroso?

No pude evitar desear que el silencio de Carter significara que ya había muerto. O, por lo menos, que fuera él quien muriera primero. Antes que permitir que su último recuerdo fuera mi muerte, preferiría que fuera su fallecimiento lo último que recordara yo. En aquel mismo momento, solos, en aquella celda, lo único que deseaba era que cesara su dolor.

Algo se movió en el pasillo, y el corazón se me aceleró. ¿Había llegado el momento? ¿Era el fin? Cerré los ojos, intentando contener las lágrimas. ¿Cómo había ocurrido todo? ¿Cómo había pasado de ser una de las candidatas más queridas de la Selección a la sentencia por traición, a estar allí encerrada, a la espera de mi castigo? Oh, Carter... Carter, ¿qué hemos hecho?

Y

No me tenía por una persona vanidosa. Aun así, casi cada día, después del desayuno, sentía la necesidad de volver a mi habitación y retocarme el maquillaje antes de dirigirme a la Sala de las Mujeres. Sabía que era una tontería: Maxon ni siquiera me vería hasta la noche. Y para entonces, por supuesto, ya me habría maquillado de nuevo y habría cambiado de vestido.

Tampoco es que tuviera mucho efecto lo que yo pudiera hacer. Maxon se mostraba educado y agradable, pero no me parecía que hubiera entre nosotros una conexión como la que tenía con otras chicas. ¿Qué tenía yo de malo? Aunque sin duda me lo estaba pasando muy bien en el palacio, tenía la sensación de que había algo más, algo que las otras chicas entendían —bueno, al menos algunas de ellas— y yo no. Antes de entrar en la Selección, me tenía por una chica divertida, guapa y lista. Pero ahora que me encontraba en medio de un puñado de chicas cuya misión diaria era la de impresionar a un solo chico, me sentía poca cosa, aburrida e insignificante. Me daba cuenta de que habría tenido que hacer más caso a mis amigas de casa, que parecían tener prisa por encontrar marido y formar un hogar. Se habían pasado la vida hablando de vestidos, del maquillaje y de los chicos, mientras yo prestaba más atención a lo que me enseñaban mis tutores. Tenía la sensación de haberme perdido alguna clase importante, y ahora me sentía rezagada.

No. Era cuestión de no dejar de intentarlo, nada más. Había memorizado hasta el último detalle de la clase de historia que nos había dado Silvia unos días antes. Incluso había puesto por escrito algunos conceptos para tenerlos a mano por si se me olvidaba algo. Quería que Maxon pensara que era una chica lista y completa. También quería que pensara que era guapa, así que tenía la sensación de que aquellos viajes a mi habitación eran absolutamente necesarios.

¿Cómo lo haría la reina Amberly? Ella estaba espléndida en todo momento, sin hacer ningún esfuerzo aparente para conseguirlo.

Me detuve un momento en las escaleras para mirarme el

84

zapato. Parecía que uno de los tacones se me había enganchado en la alfombra. No vi nada, así que seguí adelante, impaciente por llegar a la Sala de las Mujeres.

Al llegar a la planta baja me eché el cabello atrás por encima del hombro y pensé si lo que estaba haciendo no tendría un sentido más profundo. La verdad es que quería ganar. No había pasado mucho tiempo con Maxon, pero parecía amable, divertido y…

—¡Ahhh! —El tacón se me enganchó con el borde de un escalón y caí aparatosamente sobre el suelo de mármol—. ¡Auch!

—¡Señorita! —Levanté la vista y vi a un guardia que se acercaba a la carrera—. ¿Se encuentra bien?

—Estoy bien. No ha sido nada. Solo el golpe… ¡Y el ridículo!

—No sé cómo pueden caminar con esos zapatos. Es un milagro que no tengan todas algún tobillo roto.

Me ofreció la mano, y se me escapó una risita.

—Gracias —dije, echándome el cabello atrás y alisándome el vestido.

—A su disposición. ¿Está segura de que no se ha hecho daño? —dijo, mirándome algo nervioso, por si tenía algún corte o magulladura.

—Me duele un poco la cadera por el golpe, pero, por lo demás, estoy perfectamente —dije, y era cierto.

—Quizá debería llevarla a la enfermería, para asegurarnos.

—No, de verdad —insistí—. Estoy bien.

Él suspiró.

—¿No le importaría hacerme un favor e ir de todos modos? Si estuviera herida y yo no hubiera hecho nada para ayudar, me sentiría fatal. —Me miró con unos ojos azules que resultaban terriblemente convincentes—. Y apuesto a que el príncipe querría que fuera.

Seguramente en aquello tenía razón.

—De acuerdo —accedí—. Iré.

Él sonrió, frunciendo mínimamente los labios.

—Muy bien —dijo, y me cogió en sus brazos. Me quedé sin aliento de la sorpresa.

—No creo que esto sea necesario —protesté.

85

—No importa —dijo él, y se puso a caminar, así que ya no podía bajar.

—Corríjame si me equivoco, pero usted es la señorita Marlee, ¿verdad?

—Así es.

No dejaba de sonreír, y yo no pude evitar sonreírle a él.

—He estado estudiando los nombres de todas para no equivocarme. Lo cierto es que no creo que fuera el mejor en la instrucción, y no tengo ni idea de cómo he acabado destinado en palacio. Pero quiero asegurarme de que no se arrepientan de esa decisión, así que al menos intento aprenderme los nombres. De este modo, si alguien necesita algo, sabré de quién están hablando.

Me gustaba su forma de hablar. Era como si contara una historia, aunque solo estuviera hablándome de sí mismo. Tenía la voz ligera y se le animaba el rostro al hablar.

—Bueno, ya has cumplido con tu deber holgadamente —dije yo, para animarle—. Y no seas tan duro contigo mismo. Estoy segura de que harías una instrucción excelente, si te destinaron aquí. Tus jefes debieron de ver un gran potencial en ti.

—Es usted demasiado amable. ¿Quiere recordarme de dónde es?

—De Kent.

—Oh, yo soy de Allens.

—¿De verdad?

Allens estaba justo al este de Kent, al norte de Carolina. En cierto modo, éramos vecinos.

—Sí, señorita —dijo, asintiendo sin dejar de caminar—. Esta es la primera vez que salgo de mi provincia. Bueno, la segunda, contando la instrucción.

—Igual que yo. Me cuesta un poco acostumbrarme al clima.

—¡A mí también! No veo la hora de que llegue el otoño, pero no estoy seguro siquiera de que aquí haya otoño.

—Ya te entiendo. El verano está muy bien, pero no si dura eternamente.

—Exacto —dijo, convencido—. ¿Se imagina lo rara que será la Navidad?

—No puede ser lo mismo, sin nieve —respondí yo, con un suspiro. Y estaba convencida de ello. Soñaba con el invierno todo el año. Era mi estación favorita.

—Desde luego que no —dijo él.

No sabía muy bien por qué sonreía tanto. Quizá fuera porque la conversación me resultaba muy natural. Nunca me había sido fácil hablar con un chico. Lo cierto era que no tenía mucha práctica, pero era agradable pensar que quizá no fuera tan difícil como pensaba.

Al acercarnos a la entrada del hospital frenó el paso.

—¿Te importaría dejarme en el suelo? —le dije—. No quiero que piensen que me he roto una pierna, o algo así.

—En absoluto —contestó él, sonriendo y chasqueando la lengua. Me dejó en el suelo y me abrió la puerta.

En el interior había una enfermera sentada ante una mesa. El guardia habló por mí:

—Lady Marlee se ha caído en el vestíbulo y se ha dado un pequeño golpe. Quizá no sea nada, pero queríamos estar seguros.

La enfermera se puso en pie, aparentemente contenta de tener algo que hacer.

—Oh, Lady Marlee, espero que no sea gran cosa.

—No, solo me duele un poco aquí —dije yo, tocándome la cadera.

—Le echaré un vistazo enseguida. Muchas gracias, guardia. Ya puede volver a su puesto.

El guardia saludó agachando la cabeza y se dispuso a marcharse. Justo antes de que la puerta se cerrara, me guiñó el ojo y me sonrió, y yo me quedé allí, sonriendo como una idiota.

Las voces del pasillo aumentaron de volumen y me devolvieron al presente: oí los saludos de los guardias solapándose unos a otros, todos diciendo una única palabra: «Alteza».

Maxon estaba ahí.

Me levanté corriendo y me asomé al ventanuco de mi celda justo a tiempo para ver cómo abrían la puerta de la celda del otro lado del pasillo —la de Carter— y Maxon entraba, escoltado por otros guardias. Hice un esfuerzo por oír lo que se decía, pero no pude descifrar ni una palabra. También oí algún débil murmullo de respuesta, y supe que era de Carter. Estaba despierto. Y vivo. Suspiré y me estremecí al mismo tiempo, y luego volví a recolocarme los tirantes de tul sobre los hombros.

Al cabo de unos minutos, la puerta de la celda de Carter se abrió de nuevo; vi que Maxon se acercaba a mi celda. Los guardias le dejaron entrar y la puerta se cerró tras él. Me miró y se quedó sin aliento.

—¡Dios Santo! ¿Qué te han hecho? —dijo, acercándose y desabrochándose la chaqueta al mismo tiempo.

—Maxon, lo siento mucho —dije, entre lágrimas.

Él se quitó la chaqueta y me envolvió con ella.

—¿Te han roto el vestido los guardias? ¿Te han hecho daño?

—Yo no quería traicionarte. Nunca quise hacerte ningún daño.

Él levantó las manos y me cogió las mejillas.

—Marlee, escúchame. ¿Te han pegado los guardias?

Negué con la cabeza.

—Uno de ellos me arrancó las alas del disfraz al empujarme para que entrara en la celda, pero no me han hecho nada más.

Suspiró, evidentemente aliviado. Qué buen hombre que era, aún preocupándose por mi bienestar, incluso después de haber descubierto lo mío con Carter.

—Lo siento muchísimo —susurré otra vez.

Las manos de Maxon se posaron en mis hombros.

—Ahora empiezo a darme cuenta de lo inútil que es resistirse cuando se está enamorado. Desde luego no te culpo por ello —dijo.

Yo le miré y vi la bondad en sus ojos.

—Intentamos parar. Te lo prometo. Pero le amo. Me casaría con él mañana mismo… si aún siguiéramos con vida.

Dejé caer la cabeza, sollozando incontroladamente. Habría querido comportarme como una dama, aceptar mi castigo con elegancia. Pero me parecía tan injusto… Era como si me lo quitaran todo antes incluso de tener ocasión de disfrutarlo. Maxon me frotó la espalda con suavidad.

—No vais a morir.

Le miré, incrédula.

—¿Qué?

—No habéis sido sentenciados a muerte.

Suspiré con fuerza y lo abracé.

—¡Gracias, gracias! ¡Muchísimas gracias! ¡Es más de lo que nos merecemos!

—¡Para, para! —dijo, tirándome de los brazos.

Di un paso atrás, avergonzada por haber reaccionado de un modo tan inapropiado después de todo lo que había pasado.

—No habéis sido sentenciados a muerte —repitió—, pero, aun así, se os va a castigar. —Miró al suelo y meneó la cabeza—. Lo siento, Marlee, pero mañana os van a azotar en público —dijo. Parecía que le costaba mirarme a los ojos; si no supiera que aquello era imposible, habría pensado que entendía nuestro dolor—. Lo siento. He intentado evitarlo, pero mi padre insiste en que hay que mantener las apariencias; y como ya han circulado imágenes vuestras por ahí, no puedo hacer nada para hacerle cambiar de opinión.

Me aclaré la garganta.

—¿Cuántas veces?

—Quince. Creo que la intención es ser mucho más duros con Carter que contigo, pero, en cualquier caso, va a ser increíblemente doloroso. Sé que hay gente que incluso pierde el conocimiento. Lo siento muchísimo, Marlee.

Parecía decepcionado consigo mismo. Yo, en cambio, no podía pensar en nada más que en su bondad.

Levanté la cabeza, intentando mostrarme segura de que podría superarlo.

—¿Vienes a decirme que me devuelves la vida y la del hombre que quiero, y te disculpas? Maxon, no he estado más agradecida en mi vida.

—Van a convertiros en Ochos —dijo—. Todo el mundo lo verá.

—Pero Carter y yo estaremos juntos, ¿verdad?

Asintió.

—Entonces, ¿qué más puedo pedir? Soportaré los azotes, si ese es el precio. Aceptaría también los suyos, si fuera posible.

89

Maxon esbozó una sonrisa triste.

—Carter me ha suplicado, literalmente, que le dieran a él los tuyos.

—No me sorprende —dije, sonriendo yo también, mientras los ojos se me llenaban de nuevo de lágrimas, esta vez de felicidad.

Maxon meneó la cabeza de nuevo.

—Y yo que pensaba que empezaba a entender lo que es estar enamorado, y de pronto os veo a vosotros dos, que queréis asumir el uno el dolor del otro, y me pregunto si he entendido algo.

Me cubrí mejor con su chaqueta.

—Sí que lo has entendido. Sé que lo has entendido —dije, mirándole a los ojos—. Ella, por otra parte…, puede que necesite tiempo.

Esbozó una sonrisa.

—Va a echarte de menos. Solía animarme para que saliera más a tu encuentro.

—Solo una amiga de verdad renunciaría a ser princesa en favor de otra persona. Pero yo no estaba hecha para ti, ni para la corona. Ya he encontrado a la persona ideal para mí.

—Una vez me dijo algo que nunca olvidaré —recordó él, hablando lentamente—: «El amor de verdad suele ser el más inconveniente».

—Tenía razón —dije yo, pasando la mirada por la celda, y nos quedamos en silencio unos momentos—. Tengo miedo.

Me abrazó.

—Acabará enseguida. Los momentos previos serán lo peor, pero procura pensar en otra cosa mientras hablan. Y yo intentaré conseguirte las mejores medicinas, las que usan conmigo, para que te cures más rápido.

Me eché a llorar, abrumada por el miedo, el agradecimiento y mil sensaciones más.

—De momento, intenta dormir todo lo que puedas. Le he dicho a Carter que descanse también todo lo que pueda. Eso os ayudará.

Asentí, con la cabeza aún apoyada en su hombro, y él me abrazó con fuerza.

—¿Qué ha dicho? ¿Está bien?

—Le han golpeado, pero, de momento, está bien. Me ha pedido que te diga que te quiere y que hagas lo que yo te diga.

Suspiré, reconfortada por sus palabras.

—Siempre estaré en deuda contigo.

Maxon no respondió. Simplemente me abrazó, hasta que estuve más tranquila. Por fin me besó en la frente y se giró para marcharse.

—Adiós —susurré.

Él me sonrió y dio dos golpes en la puerta. Un guardia le abrió y le acompañó a la salida. Yo volví a mi lugar junto a la pared y encogí las piernas bajo el vestido, usando la chaqueta de Maxon como manta improvisada. Y me dejé llevar de nuevo por mis recuerdos...

Jada me aplicó una loción en la piel, ritual al que ya me había acostumbrado y que me encantaba. Aunque apenas había pasado la hora de la cena y no tenía sueño, el roce de sus diestras manos significaba que la jornada de trabajo había acabado y que ya podía relajarme.

Aquel día había sido especialmente intenso. Además del moratón que tenía en la cadera, en el que me tenía que aplicar hielo constantemente, el *Report* había sido algo tenso. Había sido nuestra presentación ante el público, y Gavril nos había preguntado a cada una qué pensábamos del príncipe, qué echábamos de menos de nuestras casas y cómo nos llevábamos entre nosotras. A mí la voz me había salido más bien como un trino. Aunque intentaba calmarme, a cada respuesta elevaba la voz una octava por los nervios. Estaba segura de que Silvia tendría algo que decir al respecto.

Por supuesto, no podía evitar compararme con las otras. Tiny no lo había hecho muy bien, así que al menos yo no habría sido la peor. Pero era difícil decir quién lo había hecho mejor. Bariel se sentía muy cómoda ante las cámaras, igual que Kriss. No me habría sorprendido que llegaran a formar parte de la Élite.

America también había estado estupenda. Aquello no debía sorprenderme, pero ahora me daba cuenta de que nunca había tenido amigas de una casta inferior, y al pensarlo me sentía una esnob. Desde nuestra llegada al palacio, America había sido mi gran confidente; si yo no podía plantar batalla entre las más destacadas del grupo, me alegraba enormemente que ella sí pudiera hacerlo.

Por supuesto, sabía que cualquiera de nosotras sería mejor para Maxon que Celeste. Aún no podía creer que le hubiera roto el vestido a America. Y saber que se había ido de rositas también resultaba desalentador. No me podía imaginar que nadie fuera a decirle a Maxon lo que había hecho Celeste, así que podía seguir torturándonos a las demás libremente. Entendía que quisiera ganar —como todas—, pero había ido demasiado lejos. No la soportaba.

Gracias a Dios, los hábiles dedos de Jada estaban eliminando toda la tensión de mi cuello. Celeste empezó a desaparecer de mi mente, igual que mi voz estridente en el *Report* y la incómoda postura, y la lista de preocupaciones que iban asociadas a nuestro intento por convertirnos en princesas.

De pronto alguien llamó a la puerta. Albergué la esperanza de que fuera Maxon, aunque sabía que era una esperanza vana. Quizá fuera America y pudiéramos tomarnos un té en mi balcón o dar un paseo por los jardines.

Sin embargo, cuando Nina abrió la puerta, el que estaba ahí era el guardia de antes. Me miró por encima de Nina, olvidándose del protocolo.

—¡Señorita Marlee! He venido a ver cómo está —dijo. Parecía tan contento de estar allí que no pude evitar reírme.

—Pasa, por favor —respondí, poniéndome en pie y acercándome a la puerta—. Siéntate. Puedo pedirles a mis doncellas que nos traigan un té.

—No quiero entretenerla demasiado —dijo él, que rechazó la oferta con un movimiento de la cabeza—. Solo quería asegurarme de que la caída no le había dejado secuelas.

Pensé que tenía las manos tras la espalda para mantener cierta compostura, pero resultó que, tras el cuerpo, ocultaba un ramo de flores, que me presentó con una floritura.

—¡Oh! —exclamé, acercándome el ramo a la nariz—. ¡Gracias!

—No ha sido nada. Tengo buena relación con uno de los jardineros, que me las ha conseguido.

—¿Voy a buscar un jarrón, señorita? —preguntó Nina, que se había acercado silenciosamente.

—Por favor —respondí, entregándole las flores.

—Para tu información —dije, girándome hacia el guardia—, me encuentro muy bien. No ha sido más que un morado, nada serio. Y he aprendido una gran lección sobre los tacones altos.

—¿Que son muchísimo mejores las botas?

Me reí de nuevo.

—Por supuesto. Pienso incorporarlas a mi vestuario mucho más a menudo.

—¡Será la creadora de una nueva tendencia en moda palaciega! ¡Y yo podré decir que conocí a la autora! —dijo, y se rio de su propia broma.

Nos quedamos los dos de pie, sonriéndonos el uno al otro. Tenía la sensación de que no quería marcharse... y me di cuenta de que yo tampoco quería. Su sonrisa era cálida; me sentí más a gusto con él de lo que había estado con nadie en mucho tiempo.

Desgraciadamente, se dio cuenta de que sería raro que se quedara mucho rato en mi habitación, así que se despidió con una rápida reverencia.

—Creo que debo irme. Mañana tengo un turno largo.

—En cierto modo, yo también —le respondí, y suspiré.

Él sonrió.

—Espero que esté mejor, y estoy seguro de que la veré por aquí.

—Seguro. Y gracias por toda tu ayuda, soldado... —miré su placa—... Woodwork.

—A su disposición, señorita Marlee.

Con una nueva reverencia, salió al pasillo y se retiró. Shea cerró la puerta con suavidad.

—Qué caballeroso, venir a ver cómo seguía —comentó.

—Es verdad —dijo Jada—. A veces con estos guardias una no sabe qué puede esperarse, pero este grupo parece agradable.

—Desde luego, este es un buen tipo —dije—. Debería hablarle de él al príncipe Maxon. Quizá recompense al soldado Woodwork por su amabilidad.

93

Aunque no estaba cansada, me metí en la cama. Si me acostaba, el número de doncellas presentes se reduciría de tres a una, y eso era la máxima intimidad a la que podía aspirar. Nina se acercó con un jarrón azul que quedaba precioso con las flores amarillas.

—Ponlas aquí, por favor —le dije, y ella las colocó junto a mi cama.

Me quedé mirando las flores y una sonrisa se instaló en mis labios. Aunque acababa de sugerirlo, no le hablaría al príncipe del soldado Woodwork. No estaba segura del motivo, pero sería algo que me guardaría para mí.

El crujido de la puerta al abrirse me despertó bruscamente. Me puse en pie de golpe, ajustándome la chaqueta de Maxon sobre los hombros.

Un guardia entró y no se molestó siquiera en mirarme a los ojos.

—Las manos a la vista.

Me había acostumbrado tanto a que todo el mundo añadiera «señorita» a cada frase cuando me hablaban que tardé un segundo en responder. Afortunadamente, ese guardia no parecía dispuesto a castigarme por mi lentitud. Extendí los brazos hacia delante y me puso unos pesados grilletes en las muñecas. Cuando dejó caer las cadenas, el peso me echó el cuerpo ligeramente hacia delante.

—Camina —ordenó, y yo le seguí al pasillo.

Carter ya estaba allí. Tenía un aspecto horrible. Sus ropas estaban aún más sucias que las mías, y parecía que le costaba mantenerse en pie. Pero en el momento en que me vio su rostro se iluminó con una sonrisa que era como un castillo de fuegos artificiales, lo que hizo que un corte que tenía en el labio volviera a abrirse y sangrara. Esbocé una sonrisa mínima. Al momento, los guardias se pusieron en marcha, llevándonos hacia las escaleras al final del pasillo.

Por nuestros viajes anteriores a los refugios, sabía que bajo el palacio había más pasajes de los que nadie podía imaginarse. La noche anterior nos habían llevado a nuestras celdas por una puerta que yo siempre había pensado que sería un armario de ropa de cama, y ahora salimos a la planta baja por aquel mismo camino.

Cuando llegamos al rellano, el guardia que indicaba el camino se giró y se limitó a decir:

—Esperad aquí.

Carter y yo nos quedamos tras la puerta entreabierta, a la espera de que nos llevaran al lugar donde nos aplicarían nuestro humillante y doloroso castigo.

—Lo siento —susurró Carter.

Le miré a los ojos. Pese a su labio sangrante y su cabello revuelto, lo único que veía yo era al chico que había insistido en llevarme a la enfermería, al chico que me había traído flores.

—Yo no —respondí, con toda la energía que pude.

En un instante me pasaron por la mente todos los momentos furtivos que habíamos compartido. Ante mis ojos desfilaron las veces que nos habíamos encontrado y que nos habíamos separado a toda prisa; las veces que había procurado sentarme o situarme en algún rincón de una sala porque sabía que él estaría cerca; cada guiño que me había lanzado al entrar en el comedor para la cena; cada risita contenida al pasar a su lado por algún pasillo.

Habíamos construido una relación buscando huecos entre nuestras obligaciones de palacio. Si ahora estuviera caminando hacia mi muerte, intentaría pensar en el último mes en positivo, sintiéndome satisfecha por ello. Había encontrado a mi alma gemela. Lo sabía. Y había tanto amor en mi corazón que no quedaba espacio para los remordimientos.

—Estaremos bien, Marlee —prometió Carter—. Pase lo que pase a partir de ahora, yo te cuidaré.

—Y yo te cuidaré a ti.

Carter quiso acercarse para besarme, pero los guardias se lo impidieron.

—¡Ya basta! —nos gritó uno de ellos.

Por fin se abrió la puerta, y empujaron a Carter al exterior, por delante de mí.

El sol de la mañana se colaba en el palacio a través de las puertas, y yo tuve que mirar al suelo para poder soportarlo.

Sin embargo, pese a lo que me desorientaba tanta luz, aún

era peor los gritos ensordecedores de la multitud reunida para disfrutar del espectáculo. Al salir al exterior, entrecerré los párpados y pude ver una tribuna especial a un lado. Me rompió el corazón ver a America y a May en la primera fila. Después de que un tirón de un guardia casi me tirara al suelo, volví a levantar la vista, en busca de mis padres, rezando para que no estuvieran allí.

Pero mis rezos no surtieron efecto.

Sabía que Maxon era demasiado bueno como para hacerme algo así. Si había intentado evitarme aquel castigo, no podía ser idea suya que mi madre y mi padre tuvieran que presenciar aquello en primera fila. Yo no quería dejar espacio a la rabia en mi corazón, pero sabía quién era el responsable de aquello. Sentí en mi interior una llamarada de odio dirigida hacia el rey.

De pronto me quitaron la chaqueta de Maxon de encima de los hombros. Me empujaron y caí de rodillas frente a un bloque de madera. Me quitaron los grilletes y me ataron las muñecas con tiras de cuero.

96

—¡Este delito se castiga con la muerte! Pero el príncipe Maxon ha tenido piedad y va a perdonarles la vida a estos dos traidores. ¡Larga vida al príncipe Maxon!

Las correas de las muñecas hacían que todo aquello resultara aún más real. El miedo se apoderó de mí y me eché a llorar. Miré la piel delicada de mis manos, para recordar su aspecto más adelante. Deseaba poder usarlas para limpiarme las lágrimas. Luego me giré hacia Carter.

Aunque la cosa a la que le habían atado me tapaba la vista, él estiró el cuello para verme. Pensé en él. No estaba sola. Nos teníamos el uno al otro. El dolor solo duraría un rato, pero a Carter lo tendría para siempre. A mi amor. Para siempre.

Aunque sentía cómo mi propio cuerpo temblaba del miedo, también me sentía extrañamente orgullosa. No es que fuera a presumir nunca de haber recibido azotes por haberme enamorado, pero me daba cuenta de que habría gente que nunca sabría el privilegio que era vivir un amor así. Yo lo tenía. Había encontrado a mi alma gemela. Y haría cualquier cosa por él.

—Te quiero, Marlee. Lo superaremos —dijo Carter, levantando la voz para hacerse oír pese al ruido de la gente—. Esto pasará y estaremos bien, te lo prometo.

Tenía la garganta seca. No podía responderle. Asentí, para que supiera que le había oído, y sentí no poder decirle que yo también le quería.

—¡Marlee Tames y Carter Woodwork —dijo una voz, y yo me giré al oír nuestros nombres—, quedáis despojados de vuestras castas! Sois lo más bajo de lo más bajo. ¡Sois Ochos!

La multitud gritó y aplaudió, disfrutando con nuestra humillación.

—Y para corresponderos con la misma vergüenza y dolor que habéis hecho pasar a su alteza real, recibiréis quince golpes de vara en público. ¡Que vuestras cicatrices os recuerden vuestros pecados!

El locutor se hizo a un lado, levantando los brazos para reclamar una última ovación del público. Yo me quedé mirando mientras los hombres enmascarados que nos habían atado a Carter y a mí echaban mano de un cubo largo y sacaban unas largas varas mojadas. El momento de los discursos ya había acabado. El espectáculo estaba a punto de empezar.

De todas las cosas en las que podía pensar, en aquel momento recordé una clase de lengua de años atrás en la que habíamos estudiado frases hechas. Habíamos hablado de la expresión «la vara de la justicia», pero nunca me había imaginado que esa vara pudiera ser tan gruesa.

Mientras sacudían las varas para calentarlas, aparté la mirada. Carter respiró hondo varias veces, tragó saliva y volvió a fijar la vista en mí. Una vez más, el corazón se me hinchó de amor. Los azotes serían mucho peores en su caso —quizá no pudiera caminar siquiera cuando acabaran—, pero a él lo que le preocupaba era yo.

—¡Uno!

No estaba preparada en absoluto para el golpe; solté un grito al sentir el impacto. De hecho, el dolor menguó un momento, y pensé que quizá aquello no sería tan horrible. Luego, sin aviso previo, la piel me ardió de pronto. El ardor aumentó y aumentó hasta que...

—¡Dos!

Midieron la cadencia perfectamente. En el momento en

97

que el dolor alcanzaba su punto máximo, un nuevo azote lo aumentaba. Yo imploré piedad patéticamente, viendo cómo me temblaban las manos del dolor.

—¡Pasará! ¡Estaremos bien! —insistía Carter, soportando su propia tortura y al mismo tiempo intentando aliviar la mía.

—¡Tres!

Tras el tercer azote cometí el error de cerrar los puños, pensando que aquello aliviaría de algún modo el dolor, pero, en cambio, la presión lo hizo diez veces peor, y se me escapó un extraño sonido gutural.

—¡Cuatro!

¿Aquello era sangre?

—Cinco.

Sin duda era sangre.

—Pasará muy pronto —insistía Carter. Pero su voz sonaba ya débil.

Yo habría deseado que ahorrara esfuerzos.

—¡Seis!

No podía más. No lo soportaba. No había modo de soportar aquello. Si el dolor iba en aumento, sin duda supondría la muerte.

—Te… quiero.

Esperé a que llegara el siguiente azote, pero daba la impresión de que había habido alguna interrupción. Oí que alguien gritaba mi nombre; casi parecía como si fueran a salir en mi rescate. Intenté girarme para mirar: fue un error.

—¡Siete!

Grité con todas mis fuerzas. Aunque los segundos de espera antes de cada golpe resultaban prácticamente insoportables, no verlos venir era mucho peor. Las manos se me estaban convirtiendo en masas hinchadas y carnosas. Cuando la vara cayó de nuevo, mi cuerpo se rindió. Gracias a Dios, todo se volvió negro completamente y pude volver a mis sueños del pasado…

Los pasillos estaban muy vacíos. Ahora que solo quedábamos seis, el palacio empezaba a resultar muy grande. Y también pequeño al mismo tiempo. ¿Cómo podía vivir así la reina Amberly? Debía de llevar una vida muy aislada. A veces me entraban ganas de gritar, aunque solo fuera por oír algo.

Una risita lejana llamó mi atención. Al girarme descubrí a America y Maxon en el jardín. Él tenía los brazos tras la espalda; ella caminaba hacia atrás, moviendo los brazos en el aire, como si le estuviera contando una historia. Explicó algo, exagerándolo con sus gestos. Maxon se inclinó hacia delante, riéndose y entrecerrando los párpados. Parecía como si él tuviera los brazos tras la espalda para contenerse, porque, si no, la habría abrazado allí mismo. Daba la impresión de que sabía que un movimiento así podría ser demasiado rápido y que podría llegar a asustarla. Admiré su paciencia y me alegró ver que iba por el camino de hacer la mejor elección posible.

Quizá no debería hacerme tan feliz perder, pero no podía evitarlo. Parecían estar tan bien juntos. Maxon aportaba control al caos de ella; America aligeraba el peso de la seriedad de él.

Seguí mirando, pensando que no tanto tiempo atrás las dos estábamos en el mismo sitio. Había estado a punto de confesarle mi secreto. Pero me había contenido. Confundida como estaba, sabía que no debía decir nada.

—Un día precioso.

Aquellas palabras me sobresaltaron un poco, pero, en cuanto mi mente procesó aquella voz, viví una docena de reacciones diversas: me ruboricé, el corazón se me aceleró de pronto y me sentí de lo más tonta al darme cuenta de lo que me alegraba verle.

Un lado de su boca se movió ligeramente, insinuando una sonrisa, y yo me fundí.

—Sí que lo es —dije—. ¿Cómo estás?

—Bien —respondió él. Pero su sonrisa se disipó ligeramente y arrugó la frente.

—¿Qué pasa? —le pregunté, bajando la voz.

Él tragó saliva, pensativo. Luego, mirando atrás para comprobar que estábamos solos, se acercó.

—¿Hay algún momento del día en que sus doncellas

no estén? —susurró—. ¿Cuándo podría pasar a hablar con usted?

El corazón me latía tan fuerte que me daba vergüenza.

—Sí. Salen a comer hacia la una.

—De acuerdo. Pues la veré poco después de la una, entonces —dijo, con una sonrisa triste en la cara.

Y se alejó. Quizá debía de haberme preocupado más por lo que estaba pasando. Pero lo único en que podía pensar era en que muy pronto lo vería otra vez.

Miré por la ventana y observé a America con Maxon. Ahora caminaban uno al lado del otro. Ella llevaba en la mano una flor que agitaba adelante y atrás. De vez en cuando, Maxon alargaba un brazo y hacía ademán de rodearla con él, pero luego hacía una pausa y lo retiraba de nuevo.

Suspiré. Antes o después se darían cuenta. Y no sabía si lo deseaba o no. No estaba lista para abandonar el palacio. Aún no.

Apenas toqué la comida. Estaba demasiado nerviosa. Y aunque no llegaba al extremo de lo que hacía por Maxon unas semanas antes, me sorprendí mirando mi reflejo en cada espejo que encontraba, para comprobar que todo estaba igual.

Pero no era así. La Marlee que veía tenía los ojos más abiertos; la piel, más brillante. Incluso su postura era diferente. Ella era diferente. Yo era diferente.

Pensé que, si mis doncellas se iban, eso me ayudaría a tranquilizarme, pero solo hizo que estuviera más pendiente de la hora. ¿Qué era lo que tenía que decirme? ¿Y por qué tenía que decírmelo a mí? ¿Tendría que ver conmigo?

Dejé la puerta abierta mientras esperaba, lo cual era una tontería, porque seguro que me había estado mirando un rato antes de aclararse la garganta para hacerse notar.

—Soldado Woodwork —dije, con un tono más alegre de lo esperado. Otra vez ese dichoso trino.

—Hola, señorita Marlee. ¿Le va bien ahora? —dijo, entrando con paso incierto.

—Sí. Mis doncellas se acaban de ir y tardarán una hora más o menos en volver. Por favor, siéntate —dije, señalando la mesa con un gesto.

—Creo que no, señorita. Tengo la sensación de que es

mejor decir lo que tengo que decir rápido y marcharme enseguida.

—Oh.

Me había forjado ciertas esperanzas, frágiles, con respecto a aquella visita, por estúpido que fuera, y ahora... Bueno, ahora no sabía qué esperar.

Veía lo inquieto que estaba. Aquello me resultaba insoportable, pues pensaba que tal vez yo misma contribuyera a aquella intranquilidad.

—Woodwork —dije, templando la voz—, puedes decirme lo que tú quieras. No tienes por qué estar tan nervioso.

Él suspiró con fuerza.

—¿Lo ve? Son precisamente las cosas así...

—¿Perdón?

Meneó la cabeza y volvió a empezar:

—No es justo. No la culpo por nada. De hecho, quería venir para asumir mi responsabilidad y pedir que me perdonara.

—Aún no lo entiendo —dije yo, frunciendo el ceño.

Él se mordió el labio, observándome.

—Creo que le debo una disculpa. Desde que la conozco, he estado apartándome de mis puestos de guardia, esperando la ocasión de cruzarme con usted o de poder saludarla —dijo. Yo intenté ocultar mi sonrisa. Era lo mismo que había estado haciendo yo—. Los ratos en que conseguíamos hablar eran los mejores desde que estoy en palacio. Escuchar sus risas, oírla hablar de cómo le había ido el día o de cualquier cosa que quizá ninguno de los dos entendiera... Bueno..., todo eso me ha encantado.

Levantó de nuevo las comisuras de los labios, con aquella sonrisa lateral tan habitual en él. Yo chasqueé la lengua, pensando en aquellas conversaciones. Siempre eran demasiado breves o demasiado silenciosas. No me gustaba hablar con nadie tanto como me gustaba hablar con él.

—A mí también me encantan —admití, y de pronto su sonrisa desapareció.

—Por eso creo que debemos ponerles fin.

¿Realmente me habían dado un puñetazo en el estómago o era solo mi imaginación?

101

—Creo que estoy rebasando una frontera. Yo solo quería ser amable con usted, pero cuanto más la veo, más tengo la sensación de que tengo que ocultarlo. Y si lo oculto, es señal de que no me es indiferente.

Contuve una lágrima. Desde el primer día, yo había hecho lo mismo. Me había dicho a mí misma que no era nada, aun sabiendo que sí lo era.

—Usted le pertenece a él —dijo, fijando la mirada en el suelo—. Sé que es la favorita del pueblo. Cómo no lo iba a ser. La familia real tendrá eso en cuenta antes de que el príncipe tome su decisión final. Si yo sigo susurrándole cosas en los pasillos, ¿estaré cometiendo un acto de traición? Quizá sí.

Meneó la cabeza de nuevo, intentando aclarar sus sentimientos.

—Tienes razón —dije, en un susurro—. Yo vine aquí por él, y le prometí lealtad. Si cualquier cosa que hubiera entre nosotros puede considerarse algo más que platónico, deberíamos pararlo.

Nos quedamos allí, mirando al suelo. Me costaba recuperar la respiración. Estaba claro que yo esperaba que aquel encuentro tomara la dirección opuesta, pero ni siquiera me había dado cuenta de ello hasta que se había producido.

—Esto no debería resultar tan difícil —murmuré.

—No, no debería —coincidió él.

Agaché la cabeza, frotándome con la base de la mano un punto del pecho donde sentía dolor. Vi que Carter estaba haciendo exactamente lo mismo. En aquel momento lo supe. Supe que él sentía lo mismo que yo. No sería lo que se esperaba de nosotros, pero ¿cómo iba a negarlo? ¿Y si Maxon finalmente me escogía? ¿Tenía que decir que sí? ¿Y si acababa casada con otro hombre distinto del que amaba, a quien tendría que ver caminando por mi casa día tras día?

No. No me haría eso a mí misma. Olvidé cualquier principio relacionado con el protocolo y la compostura, y me lancé a la puerta, cerrándola de golpe. Volví junto a Carter, le puse una mano en la nuca y le besé. Dudó una fracción de segundo antes de rodearme con sus brazos, pero luego lo hizo

102

como si su vida dependiera de ello. Cuando nos separamos, meneó la cabeza, como reprendiéndose a sí mismo.

—Es una guerra perdida. Ya no hay esperanza de retirada —dijo.

Pero aunque sus palabras estaban llenas de remordimiento, la sonrisa apenas visible en su rostro revelaba que estaba tan contento como yo.

—Yo no puedo estar sin ti, Carter —dije, usando su nombre de pila, que hasta hacía poco desconocía.

—Esto es peligroso. Lo entiendes, ¿verdad? Podría significar la muerte para los dos.

Cerré los ojos y asentí. Unas lágrimas surcaron mis mejillas. Con su amor o sin él, en cualquier caso estaba invitando a la muerte.

Me desperté al oír los gemidos. Tardé un segundo en darme cuenta de dónde estaba. Entonces lo recordé todo. La fiesta de Halloween. Los azotes. Carter…

La habitación estaba mal iluminada. Al mirar alrededor, vi que apenas había espacio en ella para los jergones en los que estábamos tendidos los dos. Intenté levantarme, pero al hacerlo no pude evitar soltar un chillido. Me pregunté cuánto tiempo tendría las manos inutilizadas.

—¿Marlee?

Me giré hacia Carter, apoyándome en los codos.

—Estoy aquí, estoy bien. Es que he intentado apoyarme en las manos.

—Oh, cariño, lo siento —dijo, con una voz que sonaba como si tuviera piedras en la garganta.

—¿Cómo estás?

—Vivo —bromeó. Estaba tendido boca abajo, pero veía la sonrisa en su rostro—. Cualquier movimiento me duele.

—¿Puedo hacer algo para ayudar? —dije, poniéndome en pie y mirándolo.

Tenía la parte inferior del cuerpo cubierta con una sábana. No sabía cómo aliviar su dolor. Vi una mesita en una esquina con frascos y vendas, así como un trozo de papel. Me acerqué a leerlo.

103

No estaba firmado, pero conocía la caligrafía de Maxon.

Cuando os despertéis, cambiaos las vendas. Usad el ungüento del frasco. Aplicáoslo con algodones para evitar infecciones e intentad no apretaros mucho las gasas. Las píldoras también os ayudarán. Y descansad. No intentéis salir de esta habitación.

—Carter, tengo unas medicinas —dije, desenroscando el tapón del frasco, procurando usar únicamente la punta de los dedos.

El olor de aquella sustancia algo espesa me recordaba el aloe.

—¿Qué? —dijo él, girándose.

—Hay vendas e instrucciones —dije. Me miré las manos vendadas e intenté pensar en cómo iba a hacerlo.

—Yo te ayudaré —se ofreció Carter, leyéndome el pensamiento.

Sonreí.

—Esto va a ser duro.

—Desde luego —murmuró—. No es exactamente como me imaginaba que me verías desnudo por primera vez.

No pude evitar reírme. Y le quise más aún por eso. En menos de un día me habían azotado y me habían convertido en una Ocho, a la espera de ser exiliada a un lugar desconocido. Y, aun así, me estaba riendo.

¿Qué más podría desear una princesa?

Era imposible calcular el tiempo que había pasado, pero no intentamos llamar a la puerta ni buscar a nadie.

—¿Has pensado adónde nos pueden enviar? —me preguntó Carter. Yo estaba en el suelo, a su lado, pasándole los dedos por el cabello—. Si pudiera escoger, preferiría un sitio donde hiciera calor, en lugar de un sitio frío.

—Yo también tengo la sensación de que será uno de los dos extremos. —Suspiré—. Me da miedo no tener un hogar.

—No lo tengas. Puede que ahora mismo sea un completo inútil, pero puedo cuidar de ti. Incluso sé cómo construir un iglú, si acabamos en un lugar helado.

—¿De verdad?

Asintió.

—Te construiré el iglú más bonito del mundo, Marlee. Todo el mundo estará celoso.

Le besé la cabeza una y otra vez.

—Y no eres inútil, que lo sepas. No es que…

La puerta se abrió de pronto con un crujido. Entraron tres personas con túnicas y capuchas marrones. El miedo me atenazó. Entonces la primera persona se quitó la capucha, mostrando el rostro. Contuve una exclamación y me puse en pie de un salto para abrazar a Maxon, olvidándome una vez más de mis manos y soltando un quejido al sentir el dolor.

—Os curaréis —me prometió Maxon, mientras yo retiraba las manos—. El ungüento tarda unos días en surtir efecto, pero incluso tú, Carter, volverás a caminar por ti mismo muy pronto. Te curarás mucho más rápido que la mayoría.

Maxon se giró hacia las otras dos figuras encapuchadas:

—Estos son Juan Diego y Abril. Hasta ahora trabajaban en el palacio. Ahora vosotros ocuparéis sus puestos. Marlee, si Abril y tú vais a esa esquina, los caballeros y yo nos giraremos mientras os cambiáis las ropas. Toma —dijo, dándome una túnica similar a la de ella—. Tápate con esto para hacerlo más fácil.

—Sí, claro —dije, observando a Abril, que tenía una mirada tímida.

Nos fuimos a un rincón y ella se quitó la falda. Luego me ayudó a ponérmela. Me quité el vestido y se lo pasé a ella.

—Carter, vamos a tener que ponerte unos pantalones. Te ayudaremos a levantarte.

No quise mirar. Intenté no ponerme nerviosa al oír los sonidos que emitía Carter al vestirse.

—Gracias —le susurré a Abril.

—Fue idea del príncipe —respondió ella en voz baja—. Debe de haberse pasado todo el día repasando los registros, buscando a alguien que viniera de Panamá, después de enterarse de dónde os habían destinado. Nosotros nos vendimos como sirvientes al palacio para ayudar a nuestras familias. Hoy volveremos con ellos.

—Panamá. Teníamos curiosidad por saber dónde acabaríamos.

105

—Después de todo lo ocurrido, ha sido una crueldad por parte del rey enviaros allí —murmuró.

—¿Qué quieres decir?

Abril miró por encima del hombro, en dirección al príncipe, para asegurarse de que no la oía.

—Yo vivía allí. Era una Seis, y no era fácil. Los Ochos…, a veces acaban matándolos por diversión.

—¿Qué? —respondí, sin poder creer lo que me decía.

—Cada pocos meses aparece algún mendigo muerto en medio de la carretera. Nadie sabe quién ha sido. ¿Otros Ochos, quizá? ¿Ricos Doses o Treses? ¿Rebeldes? No sé, pero ocurre. Teníais muchas posibilidades de morir.

—Ahora agárrate a mi brazo —ordenó Maxon.

Al girarme vi a Carter apoyado en el príncipe, con la cabeza ya cubierta con la capucha.

—Muy bien. Abril, Juan Diego, los guardias vendrán a esta habitación. Poneos las vendas y caminad como si os doliera. Creo que os van a meter en un autobús. Vosotros no levantéis la cabeza. Nadie os mirará muy de cerca. Se supone que sois Ochos. A nadie le importará.

—Gracias, alteza —dijo Juan Diego—. Nunca pensé que volveríamos a ver a nuestra madre.

—Gracias a vosotros —respondió Maxon—. Accediendo a abandonar el palacio, les salváis la vida. No olvidaré lo que habéis hecho por ellos.

Miré a Abril por última vez.

—Muy bien. —Maxon se puso la capucha—. Vamos.

El príncipe nos condujo al pasillo. Carter cojeaba, apoyándose en él.

—¿No sospechará la gente? —susurré.

—No —respondió Maxon, que, aun así, miraba tras cada esquina.

—El personal de los sótanos, como pinches de cocina o limpiadores, no deben dejarse ver en las plantas superiores. Cuando tienen que subir por algún motivo, se tapan así. Cualquiera que nos vea pensará que hemos acabado de hacer algún trabajo y que volvemos a nuestras habitaciones.

Maxon nos llevó por una larga escalera que bajaba hasta llegar a un pasillo estrecho con muchas puertas a ambos lados.

—Por aquí.

Le seguimos hasta un cuartito. Había una cama encajada en una esquina y una minúscula mesita al lado. Parecía que había una jarra de leche y algo de pan encima; mi estómago rugió al ver comida. En el centro de la habitación había una fina estera; en la pared junto a la puerta, unos estantes.

—Sé que no es mucho, pero aquí estaréis seguros. Siento no poder hacer más.

Carter sacudió la cabeza.

—¿Cómo puede ser que nos pida excusas? Se supone que teníamos que haber muerto hace horas; pero estamos vivos, juntos, y tenemos un hogar. —Maxon y él se miraron a los ojos—. Sé que, técnicamente, lo que hice es traición, pero no pretendía faltarle al respeto a usted.

—Lo sé.

—Bien. Así pues, espero que me crea cuando digo que nadie en este reino le será tan leal como yo —dijo Carter.

En cuanto acabó la frase, soltó un gemido y cayó sobre el príncipe.

—Túmbate en la cama —dijo Maxon.

Me coloqué bajo el otro hombro de Carter y entre los dos lo tendimos boca abajo. Ocupaba la mayor parte de la cama. Esa noche tendría que dormir en la estera.

—Por la mañana vendrá una enfermera a ver cómo estáis —añadió Maxon—. Podéis tomaros unos días de descanso. Deberéis permanecer aquí dentro todo lo que podáis. Dentro de tres o cuatro días, os pondré en el registro oficial de trabajadores. Alguien de la cocina os dará trabajo. No sé en qué consistirá exactamente, pero procurad hacer las tareas que se os asignen lo mejor que podáis.

»Yo vendré a veros siempre que pueda. De momento, nadie sabrá que estáis aquí. Ni los guardias, ni la Élite, ni vuestras familias siquiera. Tendréis contacto con un pequeño grupo de trabajadores de palacio; las probabilidades de que os reconozcan son mínimas. Aun así, vuestros nombres a partir de ahora serán Mallory y Carson. Es el único modo en que puedo protegeros.

Levanté la vista y lo miré, pensando que, si pudiera escoger un marido para mi mejor amiga, sería él.

—Gracias por todo lo que has hecho por nosotros —dije.

—Ojalá pudiera hacer más. Voy a intentar recuperar algunos de vuestros efectos personales, si puedo. Aparte de eso, ¿hay algo más que pueda traeros? Si es algo razonable, prometo intentarlo.

—Una cosa, sí —dijo Carter, con voz cansada—. Cuando tenga ocasión, ¿nos puede buscar un sacerdote?

Tardé un segundo en comprender el motivo de su petición. En cuanto lo hice, los ojos se me llenaron de lágrimas de felicidad.

—Lo siento —añadió—. Sé que no es la proposición de matrimonio más romántica del mundo.

—Sí que lo es —murmuré.

Los ojos se le humedecieron. Por un momento, me olvidé incluso de que Maxon estaba en la habitación, hasta que respondió.

—Será un placer. No sé cuánto tardaré, pero me encargaré de ello.

Sacó las medicinas de la planta superior, que se había metido en el bolsillo, y las dejó junto a la comida.

—Aplicaos el ungüento otra vez esta noche y descansad todo lo que podáis. La enfermera se encargará de todo lo demás mañana.

—Yo me ocuparé —dije, asintiendo.

Maxon salió de la habitación, sonriendo.

—¿Quieres comer algo, prometido? —le pregunté.

Carter sonrió.

—Oh, gracias, prometida, pero, en realidad, estoy algo cansado.

—Muy bien, prometido. ¿Por qué no duermes un poco?

—Dormiría mejor con mi prometida al lado.

Y entonces, olvidándome completamente del hambre, me acurruqué en aquella minúscula cama, medio colgando del borde y medio apretada contra Carter. Fue sorprendente lo poco que me costó dormirme.

SEGUNDA PARTE

Doblé las manos una y otra vez. Por fin se habían curado, pero, a veces, tras un largo día de trabajo, las palmas me dolían y se me hinchaban. Hasta mi pequeño anillo me apretaba más de lo normal esa noche. Estaba deshilachándose por un lado, y me propuse pedirle uno nuevo a Carter al día siguiente. Había perdido ya la cuenta de los anillos de bramante que habíamos tenido, pero para mí era muy importante llevar aquel símbolo en la mano.

Cogiendo el rascador una vez más, limpié la harina de la mesa y la eché a la basura. Otros criados estaban fregando el suelo o guardando ingredientes. Ya habíamos preparado todo lo necesario para el desayuno. Muy pronto podríamos irnos a dormir.

Sentí un par de manos que me agarraban por la cintura y me sobresalté.

—Hola, mujercita —dijo Carter, besándome en la mejilla—. ¿Aún trabajando?

Olía a su trabajo: hierba cortada y luz del sol. Yo estaba convencida de que acabaría en los establos —o en algún otro lugar donde pudiera esconderse de los ojos del rey—, igual que a mí me habían metido en las cocinas. En cambio iba por ahí con docenas de otros jardineros, oculto a plena vista. Llegaba por la noche, oliendo a jardín. Por un momento, era como si yo también hubiera salido.

—Ya casi estoy —dije con un suspiro—. En cuanto recoja, iré a dormir.

Él apoyó la nariz contra mi cuello.

—No trabajes demasiado. Luego puedo darte una friega en las manos, si quieres.

—Eso sería estupendo —respondí.

Me encantaban aquellos masajes de manos al final del día, quizás aún más ahora que era Carter quien me los daba. No obstante, si la jornada acababa tarde, eran un lujo del que solía prescindir.

A veces la mente se me perdía en los recuerdos de mis días en la Élite. En lo agradable que era sentirse adorada, ver a mi familia orgullosa, verme guapa. Había sido difícil pasar de recibir atenciones constantes a ser parte del servicio; aun así, sabía que las cosas podían haber sido mucho peores.

Intenté mantener la sonrisa, pero él se dio cuenta.

—¿Qué pasa, Marlee? Últimamente pareces decaída —me susurró, aún agarrándome.

—Echo mucho de menos a mis padres, especialmente ahora que se acerca la Navidad. No dejo de preguntarme cómo estarán. Si yo me siento así de triste sin ellos, ¿cómo estarán ellos sin mí? —Apreté los labios, como si así pudiera aplastar la preocupación y acabar con ella—. Y sé que probablemente sea una tontería pensar en esto, pero no podremos hacernos ningún regalo navideño. ¿Qué podría darte yo? ¿Una hogaza de pan?

—¡Me encantaría que me regalaras una hogaza de pan!

Su entusiasmo hizo que se me escapara una risita.

—Pero no podría usar siquiera mi propia harina para hacértela. Estaría robando.

Él me besó en la mejilla.

—Es cierto. Además, la última vez que robé algo, fue algo muy grande, y obtuve más de lo que me merecía, así que ya estoy feliz con lo que tengo.

—Tú no me robaste. No soy una cafetera.

—Hmm —dijo, pensativo—. Quizá fuiste tú quien me robaste a mí. Porque recuerdo claramente que antes me pertenecía a mí mismo. Ahora, en cambio, soy todo tuyo.

Sonreí.

—Te quiero.

—Yo también te quiero. No te preocupes. Sé que es una

época difícil, pero no será siempre así. Y este año tenemos mucho de lo que estar agradecidos.

—Es verdad. Siento no estar más animada hoy. Es solo…

—¡Mallory! —dijo una voz. Me giré al oír mi nuevo nombre—. ¿Dónde está Mallory? —preguntó un guardia, entrando en la cocina.

Iba acompañado de una chica que no había visto nunca.

Tragué saliva y respondí:

—Aquí.

—Ven, por favor —dijo, apremiándome, pero el hecho de que dijera «por favor» hizo que no me asustara tanto.

Cada día me preocupaba más que alguien pudiera decirle al rey que Carter y yo vivíamos ocultos en su propio hogar. Sabía que si eso llegaba a ocurrir, los azotes con la vara nos parecerían un premio en comparación con el castigo que recibiríamos.

—Enseguida vuelvo —dije, y besé a Carter en la mejilla.

Al pasar junto a la chica, esta me agarró de la mano.

—Gracias. Yo te esperaré aquí.

Fruncí el ceño, confundida.

—Vale.

—Esperamos contar con tu máxima discreción —dijo el guardia, que me condujo a algún lugar al otro lado del pasillo.

—Por supuesto —respondí, aunque seguía sin entender nada.

Giramos en dirección al ala del cuerpo de guardia. Cada vez entendía menos lo que pasaba. Una persona de mi rango no podía entrar en aquella parte del palacio. Todas las puertas estaban cerradas, salvo una. Allí vi a otro soldado de pie. Tenía el rostro tranquilo, pero la preocupación se reflejaba en sus ojos.

—Tú haz lo que puedas —dijo alguien, en el interior de la habitación.

Conocía aquella voz. Entré y observé la escena. America estaba tendida en una cama, con una herida en el brazo, sangrando, mientras su doncella la inspeccionaba y el príncipe y los otros dos guardias miraban.

Anne, sin apartar la mirada de la herida, dio órdenes a los guardias:

113

—Que alguien me traiga agua hirviendo. Deberíamos tener antiséptico en el botiquín, pero también quiero agua.

—Yo la traigo —dije.

El rostro de America se iluminó y nuestras miradas se cruzaron.

—¡Marlee! —exclamó.

Se echó a llorar. No cabía duda de que estaba perdiendo la batalla contra el dolor.

—Volveré enseguida, America. Aguanta —dije, y fui corriendo a la cocina.

Saqué unas toallas de un armario. Ya había agua hirviendo en una olla, gracias a Dios, así que llené una jarra.

—Cimmy, habrá que volver a llenar esta olla —dije a toda prisa, sin detenerme para oír sus protestas.

Luego me fui al armario de los licores. Los mejores se guardaban cerca de los aposentos del rey, pero a veces usábamos brandy para cocinar. Ya había aprendido a hacer chuletas al brandy, pollo con salsa de brandy y una nata montada al brandy para los postres. Cogí una botella, con la esperanza de que sirviera de ayuda.

Yo sabía algo del dolor.

Volví junto a America y me encontré a Anne enhebrando una aguja, mientras America intentaba controlar la respiración. Puse el agua y las toallas detrás de Anne y me acerqué a la cama con la botella.

—Para el dolor —dije, levantándole la cabeza a America para ayudarla a beber. Ella intentó tragar, pero, más que beber, tosió—. Vuelve a intentarlo.

Me senté a su lado, evitando el contacto con su brazo herido, y volví a acercarle la botella hasta los labios. Esta vez lo hizo algo mejor. Después de tragar, levantó la vista y me miró.

—Estoy muy contenta de que estés aquí —dijo.

El corazón se me encogió al verla tan asustada, aunque ahora estuviera a salvo. No sabía qué le había pasado, pero estaba decidida a ayudarla.

—Siempre estaré a tu lado, America. Ya lo sabes —dije. Sonreí y le aparté un mechón de cabello de la frente—. ¿Qué demonios has estado haciendo?

Vi en sus ojos que su mente se debatía antes de responder:

—A mí me parecía una buena idea.

—America —respondí yo, ladeando la cabeza e intentando no reírme—, tú siempre tienes malas ideas. Tus intenciones son muy buenas, pero tus ideas siempre son horribles.

Ella apretó los labios, confirmando que sabía exactamente de lo que le estaba hablando.

—¿Son gruesas estas paredes? —preguntó Anne. Aquella debía de ser la habitación de los guardias.

—Bastante —respondió uno de ellos—. En el resto del palacio no oyen lo que pasa aquí, tan adentro.

—Bien —dijo Anne, asintiendo—. Bueno, necesito que todos salgan al pasillo. Señorita Marlee —añadió (hacía tanto tiempo que nadie, aparte de Carter, usaba mi nombre real que me entraron ganas de llorar)—, voy a necesitar algo de espacio, pero puede quedarse.

—Procuraré no estorbar, Anne.

Los chicos salieron al pasillo. Anne se puso al mando. Hizo gala de una calma impresionante mientras hablaba con America y se preparaba para coserla. Siempre me habían gustado sus doncellas, especialmente Lucy, porque era un encanto. Pero ahora veía a Anne con nuevos ojos. Me parecía una pena que alguien tan capaz de tomar las riendas en un momento de crisis no pudiera ser más que doncella.

Anne se puso a limpiar la herida, que yo seguía sin poder identificar. America ahogaba sus gritos en la toalla que tenía en la boca. Aunque odiaba tener que hacerlo, sabía que tenía que apretarla contra el colchón para que no se moviera. Me subí encima de ella, procurando sobre todo que mantuviera el brazo recto.

—Gracias —murmuró Anne, sacándole una minúscula partícula negra con unas pinzas.

¿Qué era eso? ¿Suciedad? ¿Asfalto? Afortunadamente, Anne ya había acabado. Solo el roce del aire ya podría provocarle una infección, pero estaba claro que Anne no iba a permitir que eso ocurriera.

America chilló otra vez, y yo procuré calmarla.

—Enseguida habrá acabado, querida —dije, pensando en las cosas que me había dicho Maxon antes de los azotes y en

115

las palabras de Carter durante el suplicio—. Piensa en algo bonito. Piensa en tu familia.

Veía en sus ojos que lo intentaba, pero estaba claro que no funcionaba. Le dolía muchísimo. Así que le acerqué el brandy y seguí dándole sorbitos hasta que Anne acabó.

Cuando todo hubo terminado, me pregunté si America se acordaría siquiera de aquello. Después de que Anne le envolviera la herida con una venda, nos echamos atrás y nos quedamos mirando, mientras America cantaba un villancico infantil, al tiempo que trazaba dibujos imaginarios en la pared con el dedo.

Anne y yo nos sonreímos al ver sus torpes movimientos.

—¿Alguien sabe dónde están los cachorrillos? —preguntó America—. ¿Por qué están tan lejos?

Las dos nos llevamos la mano a la boca, riéndonos con tantas ganas que se nos saltaban las lágrimas. El peligro había pasado. America estaba bien. Ahora, en su cabeza, lo más urgente era encontrar a los cachorrillos.

—Más vale que esto no se lo contemos a nadie —sugirió Anne.

—Sí, estoy de acuerdo —coincidí, y lancé un suspiro—. ¿Qué crees que le habrá sucedido?

Anne tensó el gesto.

—No me puedo ni imaginar qué estarían haciendo, pero de lo que estoy segura es de que eso era una herida de bala.

—¿De bala?

Anne asintió.

—Unos centímetros más a la izquierda y podría haber muerto.

Miré a America, que ahora se tocaba la cara con los dedos, como palpándose las mejillas.

—Gracias a Dios que está bien.

—Aunque no estuviera a su servicio, creo que desearía que fuera ella quien se convirtiera en princesa. No sé qué habría hecho si la hubiéramos perdido —dijo Anne, hablando no ya como criada, sino desde el fondo de su corazón.

Sabía lo que quería decir. Asentí.

—Me alegro de que haya podido contar contigo. Iré a buscar a los chicos para que se la lleven de nuevo a su habitación

—dije, poniéndome en cuclillas al lado de la cama—. Eh, ahora me voy —le dije a America—. Pero tú intenta no volver a hacerte daño, ¿vale?

Ella asintió con gesto torpe.

—Sí, señora.

Desde luego, aquello no lo recordaría. El guardia que había venido a buscarme estaba de pie al final del pasillo, montando guardia. El otro estaba sentado en el suelo, en el exterior de la habitación, moviendo los dedos nerviosamente, mientras Maxon caminaba arriba y abajo.

—¿Y bien? —preguntó el príncipe.

—Está mejor. Anne se ha ocupado de todo. America está… Bueno, ha bebido mucho brandy, así que está algo ausente. —Recordé la letra de su villancico infantil y se me escapó una risita—. Ya puedes entrar.

El guardia que estaba en el suelo se puso en pie de un salto. Maxon entró justo tras él. Yo habría querido hablar con ellos, hacerles preguntas, pero probablemente no era el momento adecuado.

Volví a nuestra habitación preocupada, agotada de pronto ahora que me había bajado la adrenalina. Al acercarme, vi a Carter sentado en el pasillo, junto a nuestra puerta.

—¡Oh! No hacía falta que me esperaras despierto —dije en voz baja, para no molestar a nadie más—. Le he dicho que se tienda en nuestra cama, así que he decidido esperarte aquí.

—¿En la cama? ¿A quién?

—A la chica de la cocina. La que venía con el guardia.

—Ah, vale —dije, sentándome a su lado—. ¿Qué quería de mí?

—Parece que va a ser tu aprendiza. Se llama Paige. Por lo que me acaba de contar, ha sido una noche muy movidita.

—¿Qué quieres decir?

Él bajó la voz aún más.

—Era prostituta. Me he dicho que America la ha encontrado y la ha traído aquí. Así que el príncipe y America estaban fuera del palacio esta noche. ¿Tienes idea de por qué?

Meneé la cabeza.

—Lo único que sé es que he ayudado a Anne a coserle a America una herida de bala.

117

La expresión de asombro de Carter era fiel reflejo de la mía.

—¿Qué pueden haber hecho para correr un peligro así?

—No lo sé —dije con un bostezo—. Pero seguro que querían hacer algo bueno.

Aunque encontrarse con prostitutas y meterse en tiroteos no sonaba a nada realmente noble, si sabía algo de Maxon, era que siempre se esforzaba por hacer lo correcto.

—Venga, vamos —dijo Carter—. Tú puedes dormir con Paige. Yo dormiré en el suelo.

—Ni hablar. Donde vayas tú, voy yo —respondí.

Necesitaba tenerlo a mi lado esa noche. Tenía un montón de cosas en la cabeza, y sabía que solo me sentiría segura a su lado.

Recordé que America se había enfadado con Maxon por permitir que me azotaran, y lo tonta que me había parecido entonces, pero ahora la entendía. Aunque Maxon contaba con mi máximo respeto, no podía evitar estar algo enfadada con él por haber permitido que le hicieran daño. Por primera vez, pude ver mis azotes a través de sus ojos. Y supe lo mucho que la quería, así como lo mucho que ella debía de quererme. Si ella se había preocupado por mí la mitad de lo que yo me había preocupado por ella momentos antes, era más que suficiente.

Había pasado una semana y media. No parecía que hubiéramos vuelto a la normalidad. Allá donde fuera, todas las conversaciones giraban en torno al ataque. Yo era una de los pocos afortunados. Mientras otros murieron asesinados sin piedad por todo el palacio, Carter y yo estábamos escondidos en nuestra habitación. Él estaba en el exterior, cuidando del jardín, cuando se oyeron los disparos. Al darse cuenta de lo que ocurría, había entrado en la cocina a la carrera, me había agarrado y habíamos salido corriendo hacia nuestra habitación. Yo le había ayudado a poner la cama contra la puerta, y nos habíamos tendido en ella, para darle más peso.

Me quedé temblando, entre sus brazos, mientras pasaban las horas, aterrada ante la posibilidad de que los rebeldes nos encontraran y preguntándome si tendrían piedad de nosotros. No dejaba de preguntarle a Carter si no deberíamos haber intentado escapar del recinto del palacio, pero él insistía en que estábamos más seguros allí.

—Tú no has visto lo que yo he visto, Marlee. No creo que lo hubiéramos conseguido.

Así que esperamos, aguzando el oído para intentar distinguir los sonidos de los enemigos. Cuando por fin aparecieron voces amigas por el pasillo y se pusieron a llamar a las puertas, fue un gran alivio. Si te parabas a pensarlo, era algo extraño: antes de meternos en aquella habitación, el rey era Clarkson; al salir, lo era Maxon.

Yo no había nacido la última vez que la corona había cambiado de manos. Parecía un cambio absolutamente natural para el país. Quizá porque nunca había tenido problemas en seguir las órdenes de Maxon. Y, por supuesto, el trabajo que teníamos Carter y yo en el palacio no disminuyó, así que no teníamos mucho tiempo para pararnos a pensar en el nuevo soberano.

Estaba preparando el almuerzo cuando un guardia entró en la cocina y me llamó por mi nuevo nombre. La última vez que había ocurrido algo así, America estaba desangrándose, así que reaccioné al instante. Y no tenía muy claro qué significaba el hecho de que Carter estuviera junto al guardia, cubierto de sudor del trabajo al aire libre.

—¿Sabes de qué va esto? —le susurré a Carter, mientras el guardia nos conducía escaleras arriba.

—No. No creo que nos hayamos metido en ningún lío, pero el hecho de que nos escolte un guardia es… inquietante.

Nos dimos la mano. Sentí que mi anillo de bodas se retorcía un poco, alojándose en el hueco entre nuestros dedos.

El guardia nos llevó al salón del trono, estancia normalmente reservada para recibir a los invitados o para ceremonias especiales relacionadas con la corona. Maxon estaba sentado en el otro extremo de la sala, con la corona sobre la cabeza. Le daba un aire de sabiduría. El corazón se me llenó de felicidad al ver a America sentada en un trono más pequeño, a su derecha, con las manos sobre el regazo. Ella aún no tenía corona —eso llegaría el día de su boda—, pero lucía una tiara en el cabello que parecía un rayo de sol, y ya tenía un aspecto muy regio.

A un lado había una mesa con un grupo de asesores que repasaban montones de papeles y garabateaban notas furiosamente.

Seguimos al guardia por la alfombra azul. Se paró justo delante del rey Maxon e hizo una reverencia; luego se hizo a un lado, dejándonos a Carter y a mí frente a los tronos.

Carter agachó inmediatamente la cabeza.

—Majestad.

Yo, por mi parte, hice una reverencia.

—Carter y Marlee Woodwork —dijo con una sonrisa. Sentí un estallido de alegría al oír mi nombre de casada, el de verdad—. En pago a vuestros servicios a la corona, yo, vuestro rey, he decidido corregir los castigos pasados a los que se os sentenció.

Carter y yo nos miramos el uno al otro, sin entender muy bien qué significaba aquello.

—Por supuesto, el castigo físico no se puede revertir, pero otras estipulaciones sí. ¿No es cierto que ambos fuisteis sentenciados a ser Ochos?

Resultaba raro oírle hablar así, pero suponía que habría formalidades que debía seguir. Carter habló por los dos.

—Sí, majestad.

—¿Y no es también correcto que habéis estado viviendo en palacio, haciendo trabajos de Seises durante los últimos dos meses?

—Sí, majestad.

—¿No es cierto también que usted, señora Woodwork, asistió a la futura reina en momentos de enfermedad?

—Sí, majestad —dije yo, sonriendo a America.

—¿También es cierto que usted, señor Woodwork, ha querido y protegido a la señora Woodwork, exmiembro de la Élite y, por tanto, preciosa Hija de Illéa, dándole todo a lo que podía aspirar en esas circunstancias?

Carter bajó la mirada. Casi podía verle cuestionándose si me había dado lo suficiente o no. Fui yo quien respondió:

—¡Sí, majestad! —exclamé, decidida.

Vi a mi marido parpadeando para contener las lágrimas.

Había sido él quien me había convencido de que la vida que vivíamos no sería siempre así, quien me había animado cuando los días se hacían demasiado largos. ¿Cómo podía pensar en algún momento que no fuera bastante bueno para mí?

—En pago a vuestros servicios, yo, el rey Maxon Schreave, os libero de vuestros deberes asociados a la casta. Ya no sois Ochos. Carter y Marlee, Woodwork. Sois los primeros ciudadanos de Illéa sin casta.

—¿Sin casta, majestad? —pregunté yo, frunciendo el ceño. Miré fugazmente a America y la vi radiante, con lágrimas en los ojos.

—Exacto. Ahora tenéis la libertad de tomar dos decisiones. En primer lugar, debéis decidir si queréis seguir viviendo en palacio. En segundo lugar, debéis decirme qué profesión querríais tener. Decidáis lo que decidáis, mi prometida y yo os proporcionaremos alojamiento y asistencia. Pero, incluso después de esa elección, seguiréis sin tener casta. Simplemente, seréis vosotros mismos.

Me giré hacia Carter, absolutamente anonadada.

121

—¿Tú qué crees? —me preguntó.

—Se lo debemos todo a él.

—Estoy de acuerdo. —Carter irguió la cabeza y se dirigió a Maxon—: Majestad, para mi esposa y para mí sería un placer seguir en palacio y serviros. No puedo hablar por ella, pero a mí me gusta mucho mi trabajo como jardinero. Me gusta trabajar en el exterior, y querría hacerlo mientras pueda. Si el cargo de responsable del departamento queda libre en algún momento, me gustaría que se me considerara para ocuparlo, pero, en cualquier caso, estoy satisfecho con el que tengo.

—Muy bien —dijo Maxon, asintiendo—. ¿Y la señora Woodwork?

Yo miré a America.

—Si la futura reina quisiera, me encantaría ser una de sus damas de compañía.

America dio un saltito de emoción y se llevó las manos al pecho. Maxon la miró como si fuera la cosa más adorable de todo el planeta.

—Como ves, es lo que ella esperaba —dijo el rey, que se aclaró la garganta e irguió la cabeza, llamando a los hombres de la mesa—. Quede constancia de que a Carter y Marlee Woodwork se les han perdonado sus faltas y que ahora viven bajo la protección del palacio. Que conste además que no tienen casta y que están por encima de cualquier segregación por ese motivo.

—¡Registrado! —respondió uno de los hombres.

En cuanto acabó de hablar, Maxon se puso en pie y se quitó la corona, mientras que America se levantó de un salto y corrió a mi encuentro para abrazarme.

—¡Esperaba que os quedarais! —exclamó—. ¡Sin ti no sé qué haría!

—¿Estás de broma? ¿Sabes la suerte que tengo de poder servir a la reina?

Maxon vino a nuestro encuentro y le estrechó la mano a Carter con fuerza.

—¿Estás seguro sobre lo de la jardinería? Podrías volver a la guardia, o incluso ser asesor, si lo prefieres.

—Estoy seguro. Ese tipo de trabajo nunca ha sido lo mío. Siempre me ha gustado más el trabajo manual. Además, estar en el exterior me hace sentir bien.

—De acuerdo. Si alguna vez cambias de opinión, dímelo.

Carter asintió, pasándome un brazo por la cintura.

—¡Oh! —exclamó America, volviendo a su trono a toda prisa—. ¡Casi se me olvida!

Cogió una cajita y volvió a nuestro lado.

—¿Qué es eso? —pregunté.

Ella miró a Maxon y sonrió.

—Te había prometido estar en tu boda, pero no pudo ser. Y aunque creo que es un poco tarde, he pensado que podría compensártelo con un pequeño regalo.

America nos dio la cajita. Me mordí el labio de los nervios. Había tenido que prescindir de todas las cosas que pensaba que tendría el día de mi boda: un bonito vestido, una fiesta fantástica, una sala llena de flores… Lo único que tenía aquel día era un novio absolutamente perfecto. Gracias a eso pude pasar por alto todo lo demás.

Aun así, era agradable recibir un regalo. Hacía que resultara más real. Abrí la cajita: en su interior encontré dos sencillos aros de oro. Me llevé una mano a la boca.

—¡America!

—No sé si habremos acertado con las medidas —dijo Maxon—. Y si preferís otro metal, podemos cambiarlos.

—Yo creo que vuestros anillos de cordel son un recuerdo estupendo —dijo America—. Espero que los que lleváis ahora los guardéis en algún lugar y los conservéis siempre. Pero hemos pensado que os merecíais algo más… permanente.

Me los quedé mirando, sin poder creer que fueran de verdad. Qué curioso: algo tan pequeño tenía un valor incalculable. Casi se me saltaban las lágrimas de la alegría. Carter me cogió la cajita de la mano y se la dio a Maxon, sacando el más pequeño de dentro.

—A ver qué tal queda —dijo, sacándome el cordel del dedo y sosteniéndolo mientras me ponía la alianza de oro.

—Algo suelto —dije, haciéndolo girar—. Pero es perfecto.

Emocionada, cogí el anillo de Carter. Él se quitó el viejo, que puso con el mío. Su alianza le encajaba perfectamente. Yo apoyé la mano sobre la suya, abriendo bien los dedos.

—¡Esto es demasiado! —dije—. ¡Demasiadas cosas buenas en un solo día!

America se situó a mi espalda y me rodeó con sus brazos.

—Tengo la sensación de que se avecinan muchas cosas buenas —dije, abrazándola, mientras Carter le estrechaba de nuevo la mano a Maxon.

—Estoy muy contenta de haberte recuperado —susurré.

—Yo también.

—Y necesitarás a alguien que te ayude a controlarte y a no montar numeritos —bromeé.

—Pero ¿qué dices? ¡Necesitaría un ejército para controlarme y no montar numeritos!

—Nunca podré agradecértelo lo suficiente —dije con una risita—. Lo sabes, ¿no? Siempre estaré a tu lado.

—No podrías agradecérmelo de un modo mejor.

Este libro utiliza el tipo Aldus, que toma su nombre
del vanguardista impresor del Renacimiento
italiano Aldus Manutius. Hermann Zapf
diseñó el tipo Aldus para la imprenta
Stempel en 1954, como una réplica
más ligera y elegante del
popular tipo
Palatino

* * *
* *
*

La Selección. Historias 2
se acabó de imprimir
un día de otoño de 2015,
en los talleres gráficos de Liberdúplex, s.l.u.
Crta. BV-2249, km 7,4, Pol. Ind. Torrentfondo
Sant Llorenç d'Hortons (Barcelona)

* * *
* *
*